UN ARC-EN-CIEL D'ÉMOTIONS

Un arc-en-ciel d'émotions

LE LIVRE DE POCHE

Les auteurs de ce recueil ont offert ces textes pour soutenir l'action d'UNICEF en faveur de l'éducation des enfants dans le monde. UNICEF et Le Livre de Poche tiennent à leur exprimer toute leur gratitude pour cette initiative.

UNICEF France collecte des dons pour financer les interventions d'UNICEF sur le terrain dans plus de 150 pays et territoires dont certains sont évoqués dans ce livre. Grâce à vos dons, UNICEF peut : sauver, protéger, éduquer et réagir en urgence. Nous vous remercions de votre confiance et de votre soutien fidèle.

UNICEF ne cautionne aucune entreprise, marque, produit ou service.

www.unicef.fr

Couverture : Studio LGF. © Bénédicte Marchand.

ISBN : 978-2-253-93883-5

Le morceau de papier

Inspiré d'une histoire vraie

PAR LAETITIA COLOMBANI

Le morceau de papier tombe à l'instant où elle place le volume sur le rayonnage. Elle trouve toutes sortes de choses entre les pages des livres, abandonnées par les lecteurs distraits, comme autant de petits coquillages sur le sable après la marée : des Post-it griffonnés, des bouts de ficelles, des tickets de caisse, des photos, des trombones, des cartes postales, des billets de concert ou de cinéma, des feuilles d'arbre séchées, des plumes d'oiseau, des listes, des leçons. Une fougueuse déclaration d'amour, une fois, adressée à un certain Lucas de quatrième B. Un jour, elle a même découvert une feuille de papier toilette, ayant dû servir de marque-page. Elle s'en est amusée.

Ces reliques de lecture, elle les glisse dans une boîte, au cas où leur propriétaire se manifesterait pour les récupérer. En général, il n'en est rien, et la boîte est vidée, chaque fin d'année – son contenu part à la poubelle. En trente ans de service au collège, Mathilde en a vu passer des élèves, des vies, des histoires. Son CDI est un espace à part, une enclave étrangement paisible au milieu des salles de cours agitées et des couloirs bruyants, préservée de l'effervescence notoire du reste de l'établissement.

« ICI ON LIT » distingue-t-on en toutes lettres au-dessus de la porte. La phrase fait figure d'injonction, invitant au silence. Non loin, un autre adage, signé Rolande Causse : « QUI LIT PETIT, LIT TOUTE SA VIE. » Ce dernier lui tient particulièrement à cœur. Mathilde le répète souvent : la lecture est une chance. Une opportunité de plonger au cœur de soi-même tout en s'adonnant à de lointains voyages. Elle se souvient de sa propre enfance, dans ce petit village qui n'offrait d'autre perspective que celles des coteaux et des champs alentour. Les livres lui donnaient faim, attisaient son envie d'apprendre et d'en voir davantage.

Certains collégiens fréquentent assidûment le centre de documentation ; d'autres n'y mettent jamais les pieds. D'autres encore se montrent épisodiquement, pour emprunter un livre historique, un documentaire ou une bande dessinée.

Ce jour-là, elle est restée plus tard que d'ordinaire pour finir l'inventaire des récentes acquisitions : une nouvelle collection de romans policiers, des exemplaires d'Heroic Fantasy très prisés des adolescents, ainsi que le dernier manga d'un auteur nippon renommé. Aux parents qui s'inquiètent de voir leurs enfants délaisser la littérature pour d'autres formes d'expression écrite, elle répond : « L'important, c'est de lire. » Certains collègues ne partagent pas son opinion, qu'importe ; pour elle, le geste compte autant que la destination. La pratique entretient l'envie et la curiosité.

Apercevant par terre le petit bout de papier, elle se baisse pour le ramasser. Il a dû glisser du roman de Perec qu'elle vient de ranger : *La Vie mode d'emploi*. Elle s'en saisit sans y prêter attention. Il est tard, elle songe déjà au trajet du retour, à la routine du soir qui l'attend – les devoirs des enfants, le bain, le repas, le rituel du coucher. Elle s'apprête à abandonner le papier dans la boîte aux reliques, quand des mots viennent la gifler. Elle n'a pas cherché à les lire – ils s'imposent à elle, violemment, comme une flèche décochée d'un arc qui l'atteint en plein cœur, avec précision et brutalité.

IL ME VIOLE CHAQUE SOIR. AIDEZ-MOI.

Elle se fige, glacée. La phrase est tracée à l'encre bleue, caractéristique des stylos à plume des collégiens, sur une feuille de cahier déchirée. Ce mot n'a rien d'un oubli : c'est un appel à l'aide, qui lui est destiné. Une bouteille à la mer, jetée entre deux pages. Le souffle court, Mathilde s'assoit tandis que se bousculent en elle les images de la journée, les visages des élèves se succédant au CDI. Ils sont des dizaines à fréquenter le lieu chaque heure, toutes classes mélangées.

Elle rallume aussitôt son ordinateur, dont le moteur émet un lent vrombissement. En entrant le titre du roman de Perec, elle accède à la liste des lecteurs qui l'ont emprunté. Il a été rendu hier, par Jeanne Thalbot de troisième D. Une élève qu'elle connaît peu – celle-ci ne fréquente pas beaucoup les lieux.

Jeanne est-elle bien l'auteure de ce mot ? Comment en être sûre ? L'enjeu est tel qu'il n'est pas permis de se tromper. Le bout de papier peut avoir été glissé là par une de ses amies, ou un tout autre élève ayant consulté l'ouvrage au cours de la journée. Il pourrait aussi s'y trouver depuis un certain temps, et n'avoir pas été découvert… Combien de collégiens sont venus à bout des 641 pages de ce roman ? Combien d'entre eux sont passés à côté ?

Comment le savoir ? Et que faire ?

Une mauvaise blague semble peu plausible, même si l'hypothèse n'est pas à exclure. Mathilde se refuse toutefois à l'envisager – qui s'amuserait d'un jeu aussi douteux ?

Le collège compte 728 élèves, répartis sur quatre niveaux. L'auteur/e du mot vit parmi eux, avec son secret, un fardeau si lourd et si honteux qu'il ou elle n'a osé le révéler qu'au cœur d'un livre épais. Chacun des 99 chapitres du roman décrit une des pièces d'un immeuble, et la vie de ses habitants. Quelle est donc celle de cet/te enfant ? Que cachent les murs de sa maison ? Qu'endure-t-il/elle en silence ?

Mathilde passe une nuit agitée. En arrivant au collège le lendemain, elle ne s'arrête pas à la machine à café, comme elle en a l'habitude. Elle se hâte vers le bureau de Nora, la conseillère d'éducation – au fil du temps, elles sont devenues de proches amies. Mathilde lui montre le mot conservé dans son portefeuille. Sa collègue l'observe, sidérée. Elle connaît Jeanne Thalbot – cela fait quatre ans qu'elle est scolarisée dans l'établissement. Une élève discrète, effacée – sans histoire, apparemment. Abasourdie, Nora suggère d'en parler au professeur principal de la classe, pour avoir son sentiment, tout en prenant garde de ne pas ébruiter l'affaire.

Devant le bout de papier froissé, M. Lamazou se montre circonspect. Les résultats de Jeanne sont satisfaisants, il n'a rien remarqué d'anormal dans son comportement… Rien qui puisse laisser deviner un drame personnel, ou des abus répétés.

L'adolescente est introvertie, certes, mais beaucoup le sont à cet âge. Ses parents ont divorcé lorsqu'elle était enfant. Jeanne vit aujourd'hui avec sa mère et son nouveau compagnon. Elle est infirmière, lui commercial dans une société – ils viennent d'un milieu aisé. « Il ne faut pas se fier aux apparences », objecte Nora, qui rappelle que les cas d'incestes touchent en moyenne un élève sur dix, toutes classes sociales confondues. Mathilde est prise de vertige, en songeant qu'entre les murs du collège, plusieurs dizaines d'enfants sont statistiquement concernés. Cette idée lui donne la nausée.

En outre, M. Lamazou doute que Jeanne soit bien l'auteure du message : son écriture ne ressemble guère à celle-ci. Mathilde paraît déconcertée. Ce n'est pas difficile à vérifier, ajoute l'enseignant : les élèves ont rédigé l'avant-veille un devoir sur table. Les copies sont en bas, dans son casier.

Dans la salle des professeurs, M. Lamazou, Nora et Mathilde observent la rédaction de Jeanne, cinq feuillets répondant au thème imposé : « *Dans un monde qui souffre, à quoi sert-il d'écrire ?* » Leurs visages affichent la même perplexité : l'écriture n'a rien de commun avec celle du morceau de papier. La première est fine et anguleuse, la deuxième ronde et déliée. Perplexe, Mathilde refuse de s'avouer vaincue. « Il s'agit peut-être d'une de ses amies ? » reprend-elle. Se lançant dans l'examen méticuleux des autres copies du paquet, elle finit par en tirer ce constat : l'auteur/e du message ne figure pas en classe de troisième D.

Il faut étendre les recherches à tous les lecteurs de *La Vie mode d'emploi*, suggère Mathilde. Munie de la liste des emprunteurs qu'elle a imprimée, elle décide d'un plan d'attaque avec Nora : cette dernière convoquera tour à tour chacun des élèves, au prétexte de vérifier son carnet de correspondance, et en photocopiera une page. Il sera ensuite aisé de comparer chaque écriture à celle du message.

Le soir, après les cours, Mathilde et Nora se retrouvent entre les murs de la Vie Scolaire, pour se livrer à la plus méthodique des enquêtes. Hélas, celle-ci ne donne pas les résultats escomptés. Aucune écriture ne correspond à celle du bout de papier.

Mathilde se sent impuissante, désarmée. Que faire ? Dans quelle direction chercher ? Il lui est impossible de ranger le message dans la boîte aux reliques et de la refermer. Ses mots la poursuivent, ne lui laissent pas de répit. La nuit, ils tournent et retournent dans sa tête, l'empêchant de trouver le sommeil. Le jour, elle scrute les élèves qui traversent le CDI, discutent dans les couloirs ou dans la cour. Chez elle, auprès de ses enfants, elle paraît absente, perdue dans ses pensées. Un soir, profitant de la situation, ses deux cadets se mettent à chahuter, se lancent les coussins du canapé. Mathilde finit par sortir de ses gonds. Elle s'apprête à les punir lorsqu'elle s'arrête, frappée d'une idée, à la vue des deux petits attendant leur sanction. Elle n'a pas songé à la fratrie ! Elle a passé en revue les amis de Jeanne, les lecteurs du roman de Perec, sans penser aux éventuels frères ou sœurs de l'adolescente… L'un/e d'eux a pu glisser le message dans l'ouvrage qu'elle avait emprunté.

Abandonnant les deux coupables, qui voient avec soulagement leur punition différée, elle téléphone aussitôt à Nora. Au bout du fil, celle-ci marque un temps : elle ne connaît ni frère ni sœur à Jeanne, mais se promet de vérifier sur la fiche d'inscription que les élèves remplissent en début d'année.

Le lendemain, Nora fait irruption au CDI, fébrile : Jeanne a une demi-sœur, Emma, scolarisée en classe de sixième… Les deux filles ne portent pas le même nom car elles n'ont pas le même père. Mais elles vivent sous le même toit, avec leur mère et son nouveau compagnon. En outre, Nora a pu récupérer la fiche d'Emma. D'une main tremblante, elle la tend à Mathilde qui se fige : l'écriture sur la fiche cartonnée est en tout point identique à celle du morceau de papier.

Cette petite fille, Mathilde l'a repérée en début d'année. Une élève fluette, invariablement surmontée d'un cartable bien trop lourd pour elle. Elle vient régulièrement au CDI ; elle ne parle pas, ne dit jamais un mot. Son regard est empreint d'une tristesse, d'une forme de mélancolie qui touche Mathilde, et qu'elle a du mal à nommer. Elle ne doit pas avoir plus de dix ou onze ans mais son expression, pourtant, n'est plus celle d'une enfant. Elle lit beaucoup, de tout, documentaires, romans, livres historiques, bandes dessinées. Elle passe des après-midi entiers dans la salle de lecture. Quand vient l'heure de fermer, elle n'a visiblement pas envie de rentrer.

Les événements s'enchaînent avec rapidité : Mathilde et Nora en réfèrent au psychologue scolaire, qui convoque les deux filles. Après un long entretien, celles-ci finissent par parler. Jeanne avoue subir les abus répétés de son nouveau beau-père, depuis des mois. Par peur et par honte, elle n'a rien voulu dire. Lorsque Emma a tout découvert, elle lui a fait promettre de se taire, mais le secret était trop lourd à porter. La petite sœur a glissé un mot dans le livre de Jeanne, en espérant que quelqu'un pourrait l'aider.

À la suite de cette confession, le chef d'établissement décide de faire un signalement auprès de la police et des services sociaux. L'enquête aboutit à la mise en examen du beau-père des filles, rapidement placé en détention, en attendant la tenue d'un procès. Bouleversée, la mère rompt tout lien avec lui, et annonce qu'elles déménageront à la prochaine rentrée. Une nouvelle vie, ailleurs, pour se reconstruire et tourner le dos au passé.

C'est le dernier jour de l'année. Excités par l'imminence des vacances, les élèves chahutent dans le CDI. Une fois n'est pas coutume, l'endroit grouille de monde et de bruit. Tous sont venus rendre leurs manuels scolaires ainsi que les livres empruntés, que Mathilde est chargée de collecter. Au milieu du désordre, elle distingue la silhouette de Jeanne, parmi les élèves de sa classe. Comme les autres, celle-ci dépose ses livres sur la table devant elle. Elle s'arrête et lui jette un regard, comme si elle s'apprêtait à dire quelque chose, mais aucun son ne sort de sa bouche. Elle reste là, à la dévisager, durant une seconde qui semble une éternité. Mathilde sent un frisson la parcourir, tandis que la jeune fille tourne les talons et s'éloigne, au milieu de ses camarades. C'est la dernière fois qu'elle la voit : après les grandes vacances, Jeanne déménagera loin d'ici, entrera au lycée.

Plus tard, bien plus tard, lorsqu'elle finit l'inventaire des rendus, Mathilde trouve un petit message, glissé dans un livre, sur une page de cahier arrachée. Pas besoin d'enquête pour en identifier l'écriture. Jeanne a inscrit un mot, un unique mot, sans commentaire ni signature. Un mot qui se suffit à lui-même et contient en lui l'avenir, l'espoir, la confiance retrouvée, la promesse d'une nouvelle vie. La résilience, peut-être, aussi.

Un seul mot griffonné, qui dit : *Merci*.

Un homme livre

PAR ROMAIN PUÉRTOLAS

— Mesdames et messieurs, en dépit des apparences et des circonstances, ceci est bel et bien un hold-up. Ce que vous voyez dans mes mains est une arme de poing tout ce qu'il y a de plus authentique, ce n'est pas un jouet, ce n'est pas une réplique, les plus observateurs auront reconnu un pistolet semi-automatique de marque Sig Sauer, celui utilisé par les forces de l'ordre de notre pays, il est donc muni – un peu de culture générale ne vous fera pas de mal – de quinze cartouches. Sachant que vous êtes, attendez voir, un, deux, trois, quatre… cinq, je peux donc me permettre, faites le calcul, pas besoin d'être Einstein, trois balles par personne. Malheureusement pour vous, je suis un excellent tireur et une seule pour chacun me suffira amplement, ce qui, reprenons le calcul, me laisse exactement dix cartouches pour palier tout imprévu. Je n'hésiterai pas, mesdames et messieurs, et je suis on ne peut plus sérieux, à utiliser cette arme contre vous si j'y suis contraint, extrémité que je souhaiterais néanmoins éviter afin de dormir la conscience tranquille ce soir. Je ne suis pas un assassin, je vous demande donc, pour le bien de tout le monde, et surtout du mien, de ne pas jouer aux héros et de suivre mes instructions à la lettre. Dans quelques minutes, deux minutes trente exactement si tout se passe comme je l'ai planifié, je ressortirai par cette même porte et tout le monde pourra reprendre sa petite vie comme si de rien n'était. Bon, commençons, Jacques a dit « Mettez-vous tous contre ce mur. » Madame, vous avez entendu ? Avez-vous déjà joué à Jacques a dit ?

Derrière sa caisse enregistreuse, la femme hésite, puis, n'y tenant plus :

— Monsieur, la banque est en face. Ici, c'est une librairie…

*

Bon, alors oui, il aurait fallu l'expliquer avant, Hervé braque des librairies. Personne n'est parfait. Mais que voulez-vous, on ne se refait pas. Si vous saviez comme il aime les livres, comme il les vénère.

Une pulsion qu'il ne peut réfréner. Des émotions à fleur de peau, des sensations exacerbées, une sueur froide, les mains moites lorsque ses yeux tombent sur le petit objet rectangulaire.

Depuis toujours, il dépense des sommes folles en romans. Vous savez ce que c'est, vous entrez dans une librairie avec un livre en tête, et puis là, vous en voyez d'autres, ils vous regardent avec leurs petits yeux tristes, « achète-moi, achète-moi », vous les prenez dans vos mains, les retournez comme un nouveau-né à qui vous voudriez provoquer le rot, vous lisez la quatrième de couverture, vous jetez un coup d'œil à la première phrase, enfin, pourquoi vous le dire, vous savez de quoi je parle, et hop, dans votre panier. Vous voilà reparti avec cinq livres, que vous déposerez bien soigneusement en arrivant sur votre pile de trente autres livres qu'il vous faut lire (PAL pour les intimes) avant que vous n'entendiez parler d'un nouveau roman et reveniez dans cette foutue librairie, pour en repartir avec dix autres… C'est le tonneau des Danaïdes, mais dans l'autre sens. Vous ne videz pas, vous n'avez jamais eu l'intention de vider d'ailleurs, vous remplissez le tonneau de livres. Et lorsque cela déborde, vous remplissez un autre tonneau. Bref, voilà, disais-je, depuis toujours il dépense des sommes folles en bouquins. Et puis un jour, il s'est dit que cela ne pouvait plus durer, qu'il lui faudrait bientôt braquer une banque pour pouvoir continuer à acheter des livres. C'est un ami qui lui a donné la solution : « Au lieu de dévaliser les banques pour acheter tes bouquins, pourquoi tu ne dévalises pas directement la librairie ? » C'est vrai, autant supprimer l'intermédiaire. Surtout que les braqueurs de banque prennent un max au tribunal, alors qu'un simple petit braqueur de librairies… Bref, voilà comment tout a commencé. Et, reconnaissons-le, il s'en sort plutôt bien pour un amateur.

*

— Monsieur, la banque est en face. Ici, c'est une librairie…

— Moi, braquer des banques ? Mais vous m'avez pris pour un voleur, madame ? C'est ne pas me connaître, ce qui est bien normal après tout puisque nous ne nous connaissons pas, c'est la première fois que j'entre dans votre magasin, très jolie vitrine soit dit en passant, consacrée à Joyce, que j'affectionne tout particulièrement, bravo, « Majestueux et dodu, Buck Mulligan parut en haut des marches, porteur d'un bol mousseux sur lequel reposaient en croix rasoir et glace à main », selon moi la plus belle première phrase de livre, avec celle de notre Proust national, bien entendu. Bien, assez parlé, comment voulez-vous que je sois reparti dans deux minutes trente, une minute cinquante-neuf maintenant, si nous parlons littérature, hein ? Vous croyez-vous à *Bouillon de culture* ? Je n'ai pas toute la journée. Je vous demande donc, madame, avec toute l'éducation que ma pauvre mère m'a offerte, de bien vouloir remplir ces quelques sacs que je jette à vos pieds tels des pétales de rose, de livres, de livres et encore de livres, et les meilleurs, madame, pas d'entourloupe, je connais mes classiques, j'ai fait Lettres modernes. Bien, il vous reste une minute…

Sidérée, la libraire se baisse, ramasse un sac. Son regard paniqué dévore les étagères, accroche Proust, Péguy, des valeurs sûres. Elle en attrape un, le jette dans le sac, puis un autre. Voyant du coin de l'œil que l'homme s'impatiente, elle extrait les sept volumes de *À la recherche du temps perdu* d'un seul et même mouvement, le laisse tomber dans le sac avec un petit Céline pour la route.

— Proust est l'une des plus belles choses qui soient arrivées à la littérature, madame, mais… vous voulez me tuer ? Il est d'un ennui !

L'homme a hurlé, la libraire sursaute, en perd tous ses moyens. Les clients, tournés contre le mur comme des enfants que l'on aurait punis, prient pour que la femme remplisse ces maudits sacs et que l'homme reparte.

— Et puis *Voyage au bout de la nuit* ! Du Céline, vous croyez que je ne vous ai pas vue !

— Donnez-lui du Joyce, il vous a dit qu'il aimait ça ! dit un homme à lunettes en écaille.

— Ne vous fatiguez pas, je les ai tous, annonce le braqueur. Et des premières éditions ! Signées par le maître, qui plus est, alors vous pensez bien que vos éditions de poche…

— Vous aimez Foenkinos ? tente la libraire. Il est drôle.

— Drôle ? s'offusque le braqueur. Nous y voilà, croyez-vous donc que la littérature se doit d'être drôle ? S'il vous entendait, le vénérable Jorge du *Nom de la rose* vous foudroierait immédiatement. Allons, allons, et pas de vivants ! Je ne veux que du mort. Du bon vieux mort. Je suis comme Yann Moix, moi. Un vrai bon écrivain ne peut être que mort. Ou être Moix.

— Du mort, du mort, oui très bien, dit-elle de sa petite voix fluette. Alors, voyons voir…

On croirait une bouchère cherchant sur son étal le meilleur morceau de viande. Tiens, du filet mignon de veau, eh bien ce sera très bien, ça ! Elle plonge son doigt dans l'interstice d'une étagère, tire à elle un roman de Perec, *Le Condottière*, le fourre dans un sac.

— Eh, attendez, pas si vite ! hurle le braqueur. Qu'est-ce que c'est que ça ? Je connais tout de Georges, de *Les Choses* à *L'Éternité*. Jamais entendu parler de ce *Condottière*. Faites voir.

Il glisse sa main dans le sac, en tire l'ouvrage. La couverture noire, mettant en scène le visage illuminé d'un homme d'une autre époque, coiffé au bol, l'émeut au plus haut point.

— C'est un inédit, monsieur.

*

— En décembre 1966, Perec déménage, dit la libraire. Il met la paperasse inutile dans une valise, et ses œuvres de jeunesse dans une autre. Il souhaite garder les manuscrits, et jeter les papiers. Cependant, il se trompe, et c'est l'inverse qu'il fait. Voilà comment disparaît le « premier roman abouti que je parvins à écrire ». Dix ans après sa mort, son traducteur en langue anglaise et biographe, David Bellos, met la main sur des doubles.

Le braqueur est ébahi. Il tourne l'objet précieux dans ses mains, prend à témoin les autres.

— Vous connaissiez ?

— Non, dit une femme, apeurée.

— Et vous ?

— Moi ? Non, rétorque l'homme qui conseillait un Joyce.

Incroyable. L'émotion envahit le braqueur, qui se sent littéralement fondre. Un inédit, la perle de tout collectionneur. La perle de tout amateur, de tout amant. Un Perec qu'il n'a pas lu. Jamais il n'aurait imaginé cela. Enfin une nouveauté dans ce monde classique des livres. La nostalgie le gagne. Dieu, ce qu'il a tant aimé Perec !

— Si je m'étais attendu à ça…

Il ouvre le livre, commence à en lire quelques phrases, les yeux humides, baisse le pistolet. Mais même ainsi, personne n'est assez courageux, ou fou, pour tenter la moindre chose.

— Incroyable, ne cesse-t-il de répéter. Georges, sacré Georges…

Et disant cela, il se dirige vers la sortie, ouvre la porte et s'en va, sous le regard ahuri des otages.

*

L'officier de police Martial Plaza regarde, perplexe, l'écran de son ordinateur portable. Il y a autant de signalements que de témoins dans la librairie. Le braqueur est grand et mince pour certains, plutôt petit et gros pour d'autres, barbu, rasé de près, des lunettes, pas de lunettes, vieux, jeune, c'est à la fois tout et son contraire, à croire que personne n'a vu le même homme. Ils ne sont d'accord que sur une seule chose : il tenait son arme dans la main droite. Il est donc droitier, comme l'immense majorité de la population, ce qui ne l'avance guère.

— Voler des livres, on aura tout vu, cela ne peut être l'œuvre que d'un détraqué, pas de trente-six…

— Il s'y connaît, a dit la libraire, j'ai essayé de lui refourguer un Foenkinos, j'ai cru que ma dernière heure était arrivée.

— Foenki-quoi ?

— David Foenkinos.

— Connais pas, répond l'agent de la loi.

— Vous voyez ? C'est ce que je vous disais, il s'y connaît le bougre, et puis il a cité la première phrase de l'*Ulysse* de Joyce sans trébucher sur un seul mot, du grand par cœur.

— L'Ulysse de quoi ?

— De qui, rectifie la libraire. De Joyce, James Joyce, l'écrivain irlandais, né à Dublin en 1882, mort à Zurich en 1941.

— Connais pas, mais merci pour la fiche Wikipédia.

— Oh, et il a fait Lettres modernes, se rappelle la libraire. Il a dit « Pas d'entourloupe, je connais mes classiques, j'ai fait Lettres modernes. »

— Ah, voilà une piste intéressante, rétorque le policier en pianotant sur son ordinateur portable, avant de réaliser l'immense quantité de travail que ce simple élément pouvait engendrer si jamais il y faisait allusion dans son procès-verbal.

Il appuie sur la touche « Cancel » et efface l'information.

— Si l'on commence à éplucher toutes les listes de toutes les universités de France et de Navarre depuis, disons, 1975, on n'est pas sorti de l'auberge.

— De la librairie, corrige la libraire en souriant, on n'est pas sorti de la librairie.

*

— Bien, que savons-nous de cet homme ? récapitule le policier devant la libraire. Trois fois rien, qu'il est droitier, aime Proust et James Joyce.

— Trois fois rien, dites-vous ? Mais c'est énorme ! s'écrie-t-elle.

— Quoi donc ?

— Des gens qui aiment Proust, on en trouve sous chaque pavé de Saint-Germain-des-Prés, mais Joyce, ah, ça, c'est une autre histoire ! Et puis, surtout, c'est un fanatique de Perec. Je vous dis, dès que je lui ai donné l'inédit, il a oublié tout le reste, même son sac. L'émotion l'a envahi, il est presque reparti en pleurs. On a affaire à un grand collectionneur, il a des Joyce dédicacés, une véritable rareté.

— Un grand sensible, assène le policier en se frottant les mains. Ce sera sa perte. Il faut le faire revenir.

— Pour cela j'ai des bons d'achat, des abonnements et des cartes de membre.

— Je ne parlais pas de cela, dit l'officier.

Il vient d'imaginer un plan infaillible pour capturer leur homme.

*

La vitrine est magistrale. Et Hervé s'y connaît en vitrine. Pendant quinze ans, il a décoré celles des Galeries Lafayette. La photo de Perec de 2 mètres sur 1, ses plus grands livres en première édition et l'annonce d'un manuscrit de *La Vie mode d'emploi* signé de la main de l'auteur à l'intérieur. Irrésistible. Ça y est, il la sent monter. La fièvre de la possession. Posséder des livres. Toujours plus. Repousser les limites de sa bibliothèque, faire craquer les étagères de sa Billy sous le poids du génie littéraire.

Il met la main dans la poche de sa doudoune, caresse le plastique de son pistolet. Un pistolet assez bien fait pour paraître vrai mais qui ne lancerait même pas de l'eau à la figure de ses victimes. Il a appris un petit speech par cœur. Nom de l'arme, nombre de cartouches dans le chargeur, ça impressionne. Ça sonne vrai, personne n'oserait le contredire. Jusque-là, ça a toujours fonctionné, mais viendra un jour où il tombera sur un os. Un flic dans une librairie. Puis il balaye cette pensée de son esprit en rigolant. Un flic dans une librairie, n'importe quoi.

Il fait quelques pas sur le trottoir. Pour la première fois depuis qu'il commet ses délits, il s'apprête à casser sa première règle, ne jamais entrer deux fois dans une même librairie. Mais aujourd'hui est une exception. Regardez-moi ça, une intégrale de Perec. Il n'est tout de même pas assez fou pour passer son chemin. Il ouvre la porte et la petite clochette tinte.

En le voyant, la libraire se pétrifie. Elle l'a immédiatement reconnu.

— Je suis venu la semaine dernière braquer votre librairie, dit-il bien que ce ne soit pas la peine. Je tenais à vous remercier pour l'inédit de Perec. Magnifique !

À ces mots, il s'émeut à nouveau.

— Bien, où est la merveille ? Le manuscrit signé de la main de Perec ?

Il a sorti son pistolet, ne pointe pas la commerçante, mais le bouge au gré de ses mots, avec la nonchalance de celui qui sait qu'il n'a rien à craindre. Il n'y a qu'eux dans le magasin.

— Là, dans l'arrière-boutique, dit-elle. On ne le montre qu'à la demande car c'est une pièce rare et on ne voudrait pas qu'on nous la vole.

Hervé éclate de rire.

— Vous avez raison, dit-il en avançant vers la porte ouverte qui donne dans un couloir sombre, le monde dans lequel nous vivons est dangereux.

Il entre, cherche l'interrupteur de sa main libre. À ce moment-là, la porte se ferme, il entend une clé tourner dans la serrure et comprend qu'il a été piégé.

*

« Les livres seront ma perte » est une phrase qu'il a souvent répétée. Un mantra qui est un jour devenu réalité, Hervé purge sa peine à la Santé. Trois ans ferme. Son ami avait raison. Braquer des librairies ne coûte pas aussi cher que de braquer des banques. Mais il aurait dû savoir contrôler ses pulsions, ses émotions. Voilà où votre PAL vous mène.

Il pousse son chariot rempli de livres. Au moins, la prison se fait moins dure avec de la lecture. Il a retrouvé ses amis Proust, Poe, Fitzgerald, Hemingway, Kerouac, Verne, entre les barreaux. Ce n'est pas déplaisant. On n'est jamais trop prisonnier lorsque des livres nous transportent sur les routes américaines, nous font courir après des trains pour accomplir le tour du monde en quatre-vingts jours. Hervé a maintenant trois ans pour le faire. Alors il prend son temps.

Il pousse son chariot dans le long couloir parsemé de portes en bois.

— Joyce ! Jane Austen ! Houellebecq ! scande-t-il.

— Ta gueule, connard !

La lecture n'est pas du goût de tous. On a retrouvé l'ancien bibliothécaire la tête dans la cuvette des W-C, lardé de douze coups de poignard. Cela aurait pu effrayer Hervé mais en entendant l'histoire, il n'a pas pu s'empêcher de penser à un livre, encore une fois. *Le Crime de l'Orient-Express*. Ne changera-t-il donc jamais ? C'était soit reprendre le travail du bibliothécaire, soit travailler en cuisine. Comme si l'on demandait à un végétarien s'il préfère une côte de porc ou un morceau de carotte. « Éplucher les livres, pas les pommes de terre, voilà ce qui me fait vivre », a-t-il répondu. On lui a dit « Comme tu voudras ». Hervé. Vivre. Libre. Livre.

Un vent étrange

PAR ANOUK HUBERT

Dans la ville grise ce matin,
Un vent étrange s'est levé.
Il a la forme des nuées,
Insaisissable, il est passé.

Dans la ville grise ce matin,
Elle était seule, bien réveillée,
Un monstre étrange s'est levé,
D'un coup de griffe l'a emportée.

Dans la ville triste ce matin,
Pas un soleil pour l'éclairer,
Plus un oiseau pour lui chanter
Ce que pourtant elle a aimé.

Dans la ville morte ce matin,
La créature a galopé,

Belle et bien libre, sans cavalier,
Et dans son cœur s'est insinuée.

Loin de la ville ce matin,
La chose repart comme enivrée,
Elle a des cœurs à faire vibrer,
Elle a des peurs à célébrer.

Comme une brise ce matin,
Dans la campagne s'est levée,
Dans sa jeune âme s'est logée,
La douce graine prête à germer.

Et le vent tourne ce matin,
Un vent léger plein de parfums,
Et l'enfant sent émerveillé,
Son existence basculer.

Dans la nuit sombre et isolée,
Le jeune garçon peut bien rêver,
Rêver de celle qu'il va aimer,
Déjà le monstre s'en est allé.

Et dans sa course effrénée
Rien n'a jamais pu l'arrêter,
Et vous voilà à sa portée,
Vous qui pensiez lui échapper.

Beppe et Neri

PAR PHILIPPE CLAUDEL

Beppe vivait dans le Garbatella, qui est ce quartier dont Mussolini avait décidé la construction dans les années 1920. Depuis ce temps, les années ont fait perdre aux immeubles et aux rues leurs allures martiales. Les chats, les architectes et les adolescents rageurs ont fait le reste, et puis aussi la pluie, la douceur romaine et le sel de la mer parfois amené par le vent. Quand on ferme les yeux la nuit, on n'entend plus le bruit des bottes ni les chants survoltés, seulement les pétarades des scooters et le son des téléviseurs.

Neri quant à lui n'avait jamais quitté le quartier de la gare. Il aimait les trains, les voyages, même s'il n'était jamais monté dans les premiers et n'avait pas connu les seconds. Il passait souvent de longues heures à regarder les gens qui partaient, ou ceux qui revenaient. Certains semblaient légers comme des oiseaux, tandis qu'on aurait cru que d'autres se dirigeaient vers l'échafaud. Mais ce qu'aimait le plus Neri, c'était de voir des couples se retrouver ou se séparer. Il y avait des baisers, des étreintes, des mains qui glissaient sur des fronts, des lèvres, et toujours un peu de larmes. On s'embrasse beaucoup dans les gares, et on y pleure beaucoup aussi. Même les yeux de Neri devenaient alors humides.

Beppe n'avait jamais mis les pieds dans le quartier de la gare et il ne serait pas venu à l'idée de Neri de s'aventurer dans le Garbatella, mais tous deux un jour, un jour lointain, s'étaient retrouvés dans le Trastevere. Un jour lointain mais pas n'importe quel jour, celui de la veille de Noël. Le fameux soir de la veille de Noël, celui pendant lequel la plupart des Romains s'enferment chez eux, avec leur famille, leurs amis, et où les rues deviennent aussi désertes que la plage d'Ostie un jour gris de février.

Ce qui avait amené les deux hommes dans le Trastevere n'était pas très clair : ils avaient, semble-t-il, été tous deux abusés par la promesse que leur avait faite une sœur de l'Ordre de la Charité d'une fête organisée pour les personnes comme eux. Mais soit qu'ils aient chacun mal noté l'adresse, soit qu'ils n'aient pas compris les mots de la naine en cornette originaire d'un pays africain et qui parlait le romain en oubliant tous les verbes, ils avaient fini, après avoir arpenté pendant des heures les petites rues bancales du Trastevere, par s'asseoir sur les marches de la fontaine de la Piazza Nicola, en maugréant, se massant les pieds et les genoux, et en se jurant qu'on ne les y reprendrait plus.

C'est parce que chacun râlait à haute voix que Beppe s'aperçut de la présence de Neri, et que Neri s'aperçut de celle de Beppe. Quelques mètres les séparaient. Ils se regardèrent, se jaugèrent, froncèrent chacun les sourcils, puis se sourirent. « Beppe » dit Beppe. « Neri » dit Neri. Ils avaient tous deux à peu près le même âge, cet âge où la plus grande partie de la vie est derrière nous, où dans le haut du sablier ne restent plus que quelques grains tandis que tout le bas est empli d'une fine pyramide de regrets, de chagrins, de rides, des rhumatismes, et d'un cœur tout ratatiné qui bat comme cela lui chante.

Beppe était un petit homme tout rond, dont les yeux tombaient comme ceux d'Alberto Sordi. Neri était un grand échalas maigre comme un cent de clous, avec de très longues mains brunes et des cheveux hirsutes, abondants, et une pomme d'Adam tellement saillante qu'on aurait cru qu'il venait d'avaler une carcasse de poulet. Lui n'était pas sans ressembler à un autre comédien, Roberto Benigni, mais en plus vieux et en plus mélancolique. Aucun des deux n'avait jamais vu l'autre mais ils se reconnurent. Il y a des signes et des regards qui ne trompent pas et qui nous font savoir à quel petit recoin commun de l'humanité nous appartenons.

Après avoir maudit la naine catholique qui les avait fait aller si loin de chez eux pour rien, et comme on entendait s'échapper des fenêtres des immeubles des rires, des sons cristallins de verres qui s'entrechoquent, et que des mêmes fenêtres parfois entrouvertes venaient jusqu'à eux de sublimes odeurs de cuisine, chaudes, dorées, envoûtantes, ils en vinrent à parler du boire et du manger. Ils se découvrirent intarissables sur le sujet, et pour tout dire complémentaires.

Beppe était un fin connaisseur en vins. Neri avait une science étendue de l'art culinaire. C'est lui qui commença à parler des truffes et du foie gras. Il évoqua pour Neri l'aspect extérieur, météorique du champignon, sa texture pierreuse, le fin dessin dentelé des lamelles qu'on découpe au rasoir, le parfum gazeux, stupéfiant, qui se dégage alors du corps ouvert, parfum qui se prolonge dans le palais, devient un goût précieux de terre et d'air mêlés, du vertige qui s'ensuit.

Tout en parlant de la truffe, Beppe tendit à Neri la moitié d'un *calzone* de la veille qu'il avait trouvé dans un papier gras, abandonné sur un banc. Neri ne refusa pas et tous deux mastiquèrent la pâte rassie fourrée d'un caoutchouc froid, improbable, cousin au cinquième degré de la véritable *mozzarella di buffala*.

Quand Beppe eut fini d'évoquer l'onctuosité du foie gras, sa saveur sucrée relevée par l'amertume du xérès, les différences subtiles entre le foie gras d'oie, royal, souverain et celui de canard, davantage charnu, sauvage, Neri dit que pour accompagner les truffes, il conviendrait de boire un grand pomerol, ou bien un vosne-romanée, ou encore un sassicaia, et il se mit subitement à détailler les fiches d'identité de ces trois grands vins. Il poursuivit, après avoir proposé à Beppe le goulot d'une bouteille entamée sortie de la poche de son imperméable, et que celui-ci eut avalé quatre gorgées d'un vin rouge râpeux provenant de différents pays de la communauté européenne, en affirmant que sur le foie gras, contrairement à ce que prétendaient la plupart des gens, il fallait tourner le dos aux sauternes et leur préférer les vendanges tardives des vignobles alsaciens, dans les cépages riesling et gewurztraminer notamment, et pourquoi pas muscat.

Beppe écoutait Neri, fasciné, tout comme Neri avait écouté Beppe. La soirée se poursuivit ainsi, le cul à terre, sous le gargouillis de la fontaine, dans l'évocation d'une poularde demi-deuil, d'un risotto aux cèpes, d'une gigue de biche au sang et d'un chaud-froid de pêche à l'amaretto, le tout arrosé successivement d'un pinot noir néo-zélandais de Martinborough, d'un condrieu vieilles vignes, d'un peu d'eau gazeuse, mais pas trop, d'une syrah de la Napa Valley californienne et d'un verre de porto colheita 1964.

Les deux amis avaient parlé les yeux mi-clos de ces mets et de ces vins, en mâchonnant le *calzone*, puis en se partageant une boîte de sardines, un cheeseburger presque intact repêché d'une poubelle par les mains habiles de Neri, et d'une barquette de nouilles chinoises qui sentaient le poisson sans pourtant en contenir. Le gros vin faisait passer tout cela, et les rêves aussi. Les rêves surtout qui savent tisser des émotions douces et violentes quand votre vie n'en contient plus. Lorsqu'on se sépara, l'Enfant Jésus était né. Les cloches avaient sonné. Dans les appartements, on entendait des rires et de la musique. Le monde était heureux. Un Sauveur venait de voir le jour. Beppe et Neri étaient repus. Ils se quittèrent en s'embrassant.

L'année glissa sur Rome. Neri continua à regarder les trains venir et aller, les gens s'embrasser et pleurer, et il fit ce qu'il avait toujours fait, le tour des restaurants du quartier sur les façades desquelles il passait son temps à lire les menus, à les apprendre, à les cuisiner en rêve et à les déguster ensuite tandis qu'il s'endormait sur un banc ou sous les branches basses d'un sapin bleu du jardin de la villa Borghese.

Quant à Neri, il arpentait infatigablement le Garbatella en faisant l'aumône quand il ne raccommodait pas ses chaussures, son pantalon ou ses chaussettes, tout en se récitant comme des sourates des listes infinies de tous les grands vins du monde, qu'il n'avait jamais bus, mais découverts dans un vieux guide œnologique tombé d'une voiture et qui ne quittait pas sa poche droite.

Quand l'hiver revint et avec lui le temps de Noël, Beppe se mit à penser à Neri, et Neri à penser à Beppe, et sans qu'ils se soient jamais revus depuis leur première rencontre, l'un quitta le quartier de la gare, et l'autre le Garbatella, et le soir du 24 décembre, ils se retrouvèrent au cœur du Trastevere sur les marches de la fontaine de la Piazza Nicola, et ils tombèrent dans les bras l'un de l'autre, comme deux très vieux amis qui se sont durablement manqué.

Alors ce fut une fête somptueuse où ils dégustèrent du caviar iranien arrosé de trois petits verres glacés de Moskovskaya, des langoustines flambées à l'armagnac et girolles aux amandes, servies avec un meursault, une côte de veau cuisson basse température, crème fouettée aux noisettes et son entremets de pois gourmands à laquelle un Brunello di Montalcino du Castello Banfi rendit divinement hommage. Repus, les deux amis décidèrent de ne pas goûter au dessert, des profiteroles au chocolat amer du Guyana pourtant somptueuses, mais savourèrent lentement une chartreuse verte de Tarragone 1908 tout en fumant un cigare cubain de marque Partagas, série D.

« On est bien, dit Beppe.

— Mieux que bien, dit Neri.

— On est heureux.

— Les plus heureux.

— On est les rois.

— Les rois de Rome.

— Les rois du monde.

— Oui. Tu crois qu'il est né déjà ?

— Pas encore.

— Quand alors ?

— Quand tu voudras. C'est comme tout : il suffit d'y croire.

— Tu as raison.

— Joyeux Noël !

— À toi aussi ! »

Et ils entrechoquèrent leurs cannettes de bière en se souriant l'un à l'autre, tandis que sur leurs lèvres fissurées et souriantes leur mégot roulé ressemblait à une longue dent, très noire et très branlante.

Le fil et l'aiguille

PAR ZAZA FOURNIER

12 paires de chaussettes, dont une dépareillée.

10 culottes, coton et lycra.

2 jeans.

1 pantalon.

6 pull-overs.

Cela faisait deux ans qu'elle ne mettait plus de soutien-gorge. Est-ce que sa poitrine s'en était trouvée changée depuis ? Incapable de le dire.

Quelques tee-shirts froissés.

Deux câbles, l'un pour charger son téléphone, l'autre pour son ordinateur.

Une brosse à dents et un tube de dentifrice recroquevillé sur lui-même. Avec un peu de chance elle pourrait encore l'utiliser pour se laver les dents une ou deux fois.

Un petit savon mauve, un carnet à lignes, une photo de ses parents à l'âge de leur rencontre, comme un talisman. Une preuve que l'amour existe.

Voilà à quoi se résumait l'intérieur de sa valise. Son essentiel. Son kit de survie. N'avait-elle réellement besoin de rien d'autre ? Non, elle n'avait besoin de rien d'autre.

Elle se fit couler un café, résista à l'envie d'allumer une cigarette – c'était trop con de craquer maintenant, après tous ces longs mois de lutte acharnée – et puis elle avait trop d'orgueil pour céder aux clichés. Non, elle n'allait pas se remettre à fumer sous prétexte qu'ils se séparaient. Elle ferait mieux que ça. Plus original. Elle allait peut-être se mettre à l'escalade, tiens. Ou bien au tir à l'arc. Ça avait de la gueule le tir à l'arc. Alors que fumer une clope en tremblant devant la fenêtre glacée d'une aube automnale, non, c'était au-dessus de ses forces.

La porte de son bureau à lui était fermée. Est-ce qu'il dormait ? Possible. Après tout, le corps ne tient pas sans repos. Le sommeil c'était l'amnésie du réel. Un refuge. Le moment où l'oubli de tout s'imposait, les mots jetés à la figure de l'autre, tantôt mesquins, tantôt désespérés, les gestes lourds, la violence sourde, les larmes et les visages ravagés par la fin. La fin.

Elle but une première gorgée de café et se brûla, comme souvent. Son empressement de tout. Sa grande impatience, son manque de talent pour l'attente, même lorsqu'il s'agissait d'un café trop chaud. L'amer brûlant dans sa bouche était réconfortant.

Il fallait partir maintenant, mais elle ne bougeait pas. Cette maison, ce jardin, ce ciel, plus rien n'était à elle. Et elle n'était plus à personne. Ce serait la première fois qu'elle serait sans chambre connue, sans fauteuil-refuge, sans territoire propre. Un endroit à soi, que l'on regagne à la nuit tombée, une grotte, une île, un toit. Elle allait passer le pas de la porte et ne serait plus chez elle nulle part.

Déjà la pièce lui était plus étrangère qu'hier. Photos aux murs, plantes suspendues plus ou moins vaillantes et tapis mornes, tout lui semblait fatigué. Comme eux.

Elle était calme mais se savait menacée par des excès de colère soudains, terribles, imprévisibles. Longtemps tenue en laisse, sa colère s'échappait depuis peu sans prévenir et prenait toute la place.

Elle ne savait plus penser qu'à des choses pratiques. Quelques jours auparavant, elle avait décidé d'abandonner la pensée. Laisser de côté la réflexion. Ça et ses bijoux, qu'elle avait abandonnés à la table d'un café un matin où elle s'était sentie peser trois tonnes. Sa petite chaîne en or, les deux anneaux qu'elle portait toujours au même doigt, et le bracelet qu'elle avait depuis toujours. Dans une petite soucoupe avec l'appoint. Elle était sortie du café en ayant la sensation d'avoir rajeuni de dix ans. Ce matin elle en avait repris au moins cinq.

Il faisait froid dehors, elle le sentait. Il faisait froid dedans aussi. Il refusait de monter le chauffage au-delà de dix-huit degrés, pour des raisons écologiques, il disait. Elle savait que c'était surtout pour des raisons économiques. Elle avait froid toute la journée. Pourtant ce matin elle faisait durer son départ imminent. Dans la maison froide, elle faisait durer. Elle allait peut-être se faire couler un autre café.

En appuyant sur le bouton du percolateur son regard tomba sur une chemise qu'il avait laissée traîner sur le dossier d'une des chaises de la cuisine. Sa chemise en velours bleue. Elle avait beaucoup aimé le voir porter cette chemise. Elle l'avait trouvé séduisant dedans. Il n'avait pas grand-chose à faire pour ça, tout le monde était d'accord là-dessus, il avait le charme facile. Elle l'avait tellement désiré, tellement voulu, elle avait tellement tremblé pour lui. Aujourd'hui, le désir l'avait quittée. Comme à peu près tout le reste. Elle se sentait comme une boîte en carton dont on a pris le dernier mouchoir : épuisée, fragile, inutile, mais légère.

Il manquait un bouton à la chemise. Elle lui avait proposé de le recoudre, il y avait des semaines de cela. Il l'avait remerciée en souriant, et lui avait fait noter que cela n'était pas rendre service aux luttes féministes et qu'il ferait mieux d'apprendre. « Je ferais mieux d'apprendre. Repriser un bouton ça ne doit pas être le bout du monde. »

Mais il n'avait pas appris. Et elle ne l'avait pas recousu. Sa remarque l'avait agacée. Tout ce qu'il disait depuis quelque temps l'agaçait.

Elle se brûla pour la seconde fois et prit plaisir à la brûlure. Le café était toujours aussi chaud. Peut-être qu'il ne dormait pas. Peut-être qu'il attendait qu'elle soit partie pour se lever. Peut-être qu'il se ferait un café à son tour, en regardant par la fenêtre la campagne givrée. Peut-être qu'il allumerait la radio, et qu'il goûterait le plaisir de pouvoir écouter les infos de 7 heures qu'elle ne supportait plus d'entendre.

Il y avait là, derrière cette porte, tout ce qu'elle savait de lui et tout ce qu'elle ne savait pas. L'étrangeté de cet homme qu'elle connaissait si bien. Il y avait là, derrière, le corps d'après elle, celui qu'elle ne toucherait plus, qu'elle ne verrait plus jamais nu et abandonné dans le sommeil. Il y avait là tout ce qui avait déjà cessé de lui être familier.

Elle passa dans la pièce voisine, sans faire attention aux gémissements du plancher sous ses pieds – musique connue qui avait toujours accompagné leurs pas dans la maison – et se saisit de sa boîte à couture en fer-blanc qui ronronnait dans le tiroir du petit buffet. Elle referma le tiroir en faisant du bruit. Elle voulait qu'il l'entende. Ils se quittaient et il dormait, ça finissait par être vexant.

Elle regagna la cuisine dont la lumière commençait déjà à changer. Le jour gagnait du terrain. Elle s'assit, attrapa une petite bobine de fil bleu marine et, après avoir loupé trois fois le chas de l'aiguille, elle se mit à coudre. Elle avait choisi un bouton dans la boîte : un petit bouton de nacre rond, qui pourtant n'était pas identique au bouton d'origine. Mais c'était très bien comme ça. C'était très bien. De loin, on n'y verrait que du feu, et ceux qui noteraient la différence seraient ceux dont l'œil est sensible aux détails. Ceux qui regardent pour de vrai. Et alors, peut-être qu'en repérant ce petit bouton qui n'était pas tout à fait comme les autres, ils se surprendraient à sourire. Peut-être même qu'ils iraient jusqu'à penser que c'était mieux ainsi. Qu'un petit bouton bancal était plus honnête qu'une rangée de nacre irréprochable. Que la vie était comme ça, bancale, imparfaite, et qu'en ce sens, toute quête de perfection avait quelque chose de malhonnête. Même quand il s'agissait d'une rangée de boutons sur une chemise en velours bleue.

Elle savait que lui le remarquerait tout de suite. Il était de ceux qui voient ce que d'autres négligent. Elle avait aimé cela chez lui. Elle avait aimé qu'il remarque un livre qui avait été déplacé, qu'il s'amuse du dessin laissé par une tasse sur le bois de la table, qu'il attrape sans mot un fil de soie discrètement échappé de sa manche… Ils avaient partagé ce goût pour l'espièglerie des petites choses.

L'aiguille passait dans l'étoffe, d'un mouvement souple et silencieux, et pourtant elle transperçait le tissu. Elle lui passait au travers. Comme les lames invisibles qui étaient venues se loger dans son estomac, les unes après les autres. Comme les couteaux qui avaient attaqué son cœur en silence. Comme la ribambelle de flèches qui avait scindé l'espace, et qui étaient venues se ficher dans leurs corps et dans leur lit, dessinant une ligne infranchissable qui divisait le matelas en deux, une frontière brutale qui avait rendu les étreintes impensables et les tentatives de caresses nulles.

Elle regardait l'aiguille qu'elle faisait passer d'un côté puis de l'autre du tissu, et c'était comme un charme qu'elle se jetait à elle-même. Une hypnose choisie, qu'elle s'imposait en continuant à coudre. Quelle cruauté contenue dans ce tout petit objet, ce tout petit bout de métal qui perçait la chair du vêtement, muet.

Elle enroula le fil une première fois autour de la base du bouton pour consolider l'attache, comme sa mère le lui avait appris. Sa mère qui ne l'avait jamais aimé, lui, et qui n'avait pas eu besoin de le dire pour que cela se sache. Ça l'avait mise en colère longtemps, elle s'était sentie jugée et empêchée, sans savoir exactement pourquoi, comme prise entre deux feux dont elle ne connaissait pas l'origine. Alors elle avait pris des distances, évitant les situations où ils se seraient retrouvés tous les trois. Parfois, elles déjeunaient ensemble, toutes les deux. De temps en temps seulement, et toujours au même endroit : une brasserie désuète du centre-ville où rien n'avait jamais changé depuis trente ans. Un endroit qu'elle avait toujours connu. Sa mère commandait un croque-monsieur, à chaque fois, et évitait soigneusement de parler de lui, à chaque fois.

Elle fit un deuxième tour et c'était comme si le fil se serrait autour de sa gorge à elle. Sa vue se troubla, le goût du sel envahit le fond de sa bouche. Elle ne savait pas sur quel échec elle pleurait, mais tout à coup, sur ses genoux, elle vit tout ce qu'elle ne réussissait pas à dire, tout ce qu'elle ne parvenait pas à saisir, à sauver, tout ce qu'elle ne comprenait pas et tout ce qu'elle ne savait pas faire. Comme autant de chats miteux qui la réclamaient en se disputant une place sur ses jambes, et elle pleurait, parce que c'était très triste.

Elle fit un troisième, puis un quatrième tour, pour être certaine que le bouton lui survivrait longtemps après son départ. Qu'il resterait là, bien accroché sur la poitrine de cet homme qui dans une poignée de minutes ne serait plus dans sa vie. Elle serra.

Un rayon de jour vint caresser sa tasse vide sur la table. Silence, toujours. Pas même un merle ce matin. Rien ne chantait.

Elle avait fini, avait fait un nœud autour de la nacre, avait rangé le fil, l'aiguille et la boîte dans le petit buffet. Elle avait rincé la tasse, puis l'avait essuyée et rangée à sa place dans le placard.

La chemise était là, sur le dossier de la chaise, et semblait la regarder avec gratitude. La porte du bureau resterait close.

Elle se dirigea vers l'entrée, attrapa sa valise au passage, mit son grand manteau noir qui lui tombait jusqu'aux pieds, et sentit que cela avait quelque chose de réconfortant. Le calme était revenu, et le vêtement lourd sur ses épaules était comme une présence amie. Elle savait que derrière la porte d'entrée qui avait été ouverte et fermée tant de fois, le monde lui était inconnu. Quelle idée étrange. Drôle. Fantastique. Et terrifiante.

Au moment de sortir elle vit la grande écharpe verte sur le portemanteau. La grande écharpe qu'il lui avait tendue quelques semaines auparavant. « Quelque chose de chaud à mettre autour de ton cou. » Il lui avait fait ce cadeau les yeux baissés. Une écharpe. Un peu de laine pour rattraper ce qui s'échappait ? Maille après maille ?

Elle, elle avait tiré sur fil. Elle avait voulu tout défaire. Tout ce qu'ils avaient fabriqué ensemble, le détricoter. Tirer sur le fil jusqu'à ce qu'il ne reste rien que le vide. Défaire leurs liens et les abandonner au sol. Exsangues. Vaincus.

Alors l'écharpe était restée là, accrochée dans l'entrée et elle la regardait seulement maintenant pour la première fois. Elle était très belle cette écharpe. D'un vert lumineux, vibrant comme la campagne, quand le soleil fait son apparition. D'un vert tendre. C'était un jardin pour se cacher cette écharpe. Un jardin pour rêver.

Elle s'en saisit et la passa autour de son cou. Emmitouflée dans la laine épaisse, elle sortit dans l'air glacé du jour neuf et elle sentit le matin lui mordre les joues. Cette fois, grâce à lui, elle n'aurait pas froid.

Marseille

PAR VANESSA SPRINGORA

Ils ne connaissaient pas la ville. Ils avaient pourtant imaginé s'y installer un jour, quitter Paris pour se rapprocher du Sud. Surtout elle, qui détestait le froid et la grisaille. Une ville portuaire, ouverte sur la Méditerranée, rien ne pouvait les faire rêver davantage.

Ils étaient partis un vendredi, après avoir déniché un petit deux-pièces à louer dans le centre historique. Depuis qu'ils étaient parents, les occasions étaient rares de pouvoir flâner tous les deux dans une ville inconnue. Pour la première fois, ils avaient décidé, non sans culpabilité, de laisser les enfants seuls la durée du week-end. L'aînée veillerait sur son frère. Le frigo était plein. Rien ne pouvait leur arriver.

À bord du train, tandis que Paris et sa banlieue s'éloignaient à grande vitesse, une légère appréhension les tenaillait. On a bien fait, tu crois ? Imagine qu'une casserole prenne feu ? Qu'ils fassent déborder la baignoire ? Mais l'inquiétude avait cédé le pas à la hâte de découvrir cette ville dont on leur avait tant vanté la magie. Ils abandonnaient derrière eux, lui, l'hôpital où il travaillait, elle, sa pile de manuscrits. Durant le voyage, elle avait renoncé à lire le journal. Les fracas du monde attendraient. Rien ne comptait plus que cette parenthèse qu'ils s'accordaient.

Arrivés à la gare vers 13 heures, ils avaient immédiatement été enveloppés par la douceur de l'air. Comparé au ciel plombé de la capitale, ce soleil d'octobre était une bénédiction. Un chauffeur de taxi, intarissable sur la beauté de l'arrière-pays, les avait conduits jusqu'à leur nid d'amour. L'appartement était fidèle à son descriptif, « idéalement situé » entre les restaurants de crustacés du port et le quartier du Panier. Ils étaient fous de bonheur : deux jours pour eux à jouer les touristes.

Leur logement était sommairement meublé, mais ils s'en moquaient. Le lit avait l'air confortable. En s'affalant de tout leur poids sur le matelas, ils s'étaient regardés, émus de s'aimer toujours autant. Ce jour-là, rien ne les empêcherait de faire l'amour en plein après-midi. Sous ces draps qui n'étaient pas les leurs, dans cette chambre où avaient dû s'aimer des dizaines d'autres couples, le plaisir qu'ils s'étaient donné les avait laissés éblouis. Avant de s'assoupir quelques minutes, ils s'étaient murmuré tendrement qu'ils ne pourraient jamais vivre l'un sans l'autre.

Une heure après, ils étaient descendus sur le port. Il devait être aux alentours de 15 heures, mais les brasseries servaient encore à déjeuner. Ils s'étaient régalés d'une salade de poulpe devant l'alignement des bateaux, avant de déambuler main dans la main dans les ruelles étroites de la partie ancienne de la ville. Le Panier les avait enchantés par son architecture colorée, ses porches lourds ouvrant sur d'élégantes cours intérieures. Ils s'étaient perdus à plusieurs reprises. L'heure de prendre un verre en terrasse était vite arrivée. Quel bonheur de pouvoir encore dîner dehors en plein automne.

Ils s'étaient étonnés qu'en dépit des préjugés, les Marseillais se montrent si chaleureux et accueillants avec eux, des Parisiens. Les couples amoureux inspirent toujours la sympathie, leur avait dit le serveur, complice. Tout à coup, ils s'étaient souvenus de prendre des nouvelles des enfants. L'anxiété les avait traversés quand le téléphone avait sonné dans le vide. Mais au bout de quelques minutes l'aînée avait rappelé. Tout allait bien. Elle était en train de faire cuire des pizzas pendant que son frère choisissait le film qu'ils regarderaient ensemble.

Le soir, ivres de vin blanc et de fatigue, les amoureux s'étaient endormis serrés l'un contre l'autre, paisibles, un léger sourire aux lèvres.

Le samedi, ils s'étaient promis de longer la Corniche en bus, jusqu'à Malmousque, ce minuscule port de pêche d'où l'on apercevait le château d'If. En rentrant, ils pourraient montrer à leur fils la photo de l'île où le héros du *Comte de Monte-Cristo* avait été emprisonné. La journée était magnifique. Des jeunes gens bronzés étaient allongés sur leur serviette, un casque sur les oreilles, profitant des derniers rayons de la saison. La baignade dans cette petite crique était une cure de jouvence. Leur peau avait oublié l'effet saisissant de l'eau fraîche, le picotement du sel, le plaisir d'étirer tous ses membres, de se sentir vivants. Revigorés, ils s'étaient promenés du côté du quartier de Noailles, avaient déjeuné près du marché aux épices, passé une heure dans la quincaillerie Empereur à s'émerveiller devant des plumeaux bleu paon, des pots en faïence, et toutes sortes d'ustensiles de cuisine. À la nuit tombée, ils avaient de nouveau dîné dehors. Dernier coup de fil aux enfants : tout allait toujours pour le mieux. À croire qu'ils n'avaient plus besoin d'eux.

Ils devaient quitter la ville dimanche en début d'après-midi. Tout juste le temps d'avaler un petit déjeuner sous la pergola en dentelle de la terrasse du Mucem. Il ne leur restait plus qu'à acheter quelques cadeaux, les incontournables navettes à la fleur d'oranger pour les enfants et des savons colorés au parfum de lavande pour les amis, et déjà il fallait dire au revoir à cette ville dont ils n'avaient entrevu qu'une infime partie.

Avec un brin de nostalgie, ils rassemblèrent leurs affaires, sautèrent dans un taxi. Leur train partait à 14 heures, ils seraient de retour à Paris à 17 h 30 et retrouveraient les enfants avec mille choses à leur raconter.

Comme ils n'avaient pas le temps de déjeuner, ils achetèrent un sandwich à la gare et cherchèrent un endroit où fumer avant de monter à bord du TGV. L'esplanade offrait un dernier panorama sur la Bonne Mère qui semblait protéger la ville du haut de son promontoire. Leur valise à roulettes à côté d'eux, un sachet en papier contenant leur repas à la main, ils tirèrent une dernière bouffée sur leur cigarette. Leur paquet était vide. Tant pis, ils en rachèteraient un à Paris, dit-elle, mais elle n'eut pas le temps de terminer sa phrase. Un homme vêtu de noir des pieds à la tête se leva d'un bond du banc où il était assis à quelques mètres d'eux, et se jeta sur une jeune fille qui n'avait rien fait d'autre que de se trouver là, lui planta plusieurs coups de couteau dans le dos en hurlant « Allahou akbar ». La jeune fille s'effondra. Après quelques secondes de stupéfaction, des cris fusèrent, la foule se mit à courir en tous sens, tandis que l'homme en noir s'était relevé et faisait tournoyer son couteau de boucher au-dessus de sa tête en invoquant la grandeur de Dieu.

Elle hurla qu'il fallait fuir, immédiatement. Mais il resta immobile et prononça ces mots incompréhensibles : « On ne part pas. » L'homme en noir courait toujours sur le parvis, son couteau brandi tel un sabre, en quête d'une autre victime. Glacée d'effroi, elle insista : « Il a crié "Allahou akbar" ! » Tout le monde savait bien, dans ce contexte, qu'il n'était pas question de rendre grâce à Dieu, qu'il s'agissait d'un cri de guerre, d'un cri de haine qui appelait le sang et la mort. La foule continuait à hurler, tout en se précipitant en désordre vers la rampe d'accès.

Submergée par la peur, elle lâcha le bras de l'homme qu'elle aimait et suivit le mouvement, descendit la rampe en courant, le cœur battant, persuadée que son compagnon la suivait. Elle pensa aux enfants, seuls à Paris, et accéléra encore. Arrivée sur le trottoir qui longeait la gare, elle se retourna, mais ne vit pas son amoureux. Elle attendît encore, tétanisée, derrière un arbre. La foule avait déserté l'esplanade. Plus personne n'en descendait. Seuls trois moines bouddhistes en robe safran étaient restés sur le parvis, impassibles. Son homme devait se trouver encore là-haut, en proie au fou furieux qui tournait comme une toupie diabolique. Mais elle ne pouvait apercevoir que le haut de la rampe. Remonter, c'était mourir. Partir, c'était l'abandonner. Des coups de feu la firent sursauter. Une attaque coordonnée ? Elle crut que son cœur lâchait. Des pensées confuses s'entrechoquèrent dans son esprit. Elle se dit : *L'homme que j'aime est mort.* Et aussi vite, elle fit ce calcul dont elle eut honte : pour les enfants, mieux valait qu'un seul meure plutôt que tous les deux. Secouée de sanglots, elle se rua vers d'autres personnes qui se réfugiaient à l'intérieur de la gare, où elle erra sans but, les jambes flageolantes.

Personne ne savait s'il était plus dangereux de rester dehors ou à l'intérieur. Il n'y avait plus aucune logique dans la circulation des corps. Certains n'avaient rien vu et demandaient aux autres ce qu'il se passait, d'autres détalaient en criant des instructions inintelligibles. Des valises étaient abandonnées un peu partout. Elle parcourut le hall à la recherche du seul visage qui comptait, revint sur ses pas, sans espoir. Elle pensa une fois encore : *Mon amour est mort.* Ses forces l'abandonnèrent. Elle s'arrêta quelques instants, s'accroupit, sortit son téléphone qui affichait un écran noir, et fondit en larmes. Un jeune homme compatissant lui tendit son portable. Les doigts tremblants, elle composa le numéro de son amoureux, deux sonneries durèrent indéfiniment et soudain : sa voix ! D'un ton lugubre, il dit juste : « Voie F. » Et raccrocha.

Quand elle l'aperçut, d'un calme stupéfiant au milieu du tumulte, il se tenait debout, leur valise à côté de lui. Une bouffée de colère l'envahit, elle eut envie de le rouer de coups. Pourquoi l'avait-il abandonnée, pourquoi ne l'avait-il pas suivie ? Pourquoi avait-il pris le risque de se faire tuer ? Et puis ses yeux tombèrent sur ses mains, couvertes de sang. Les sanglots montèrent dans sa gorge et d'une voix de folle elle cria : « Tu es blessé ? » Des policiers en civil les forcèrent à reculer en faisant de grands gestes. La vingtaine de personnes qui se trouvait là reflua le long du quai, le plus loin possible, jusqu'à se retrouver dans la partie découverte de la gare, le long des rails, au milieu de nulle part.

Combien de minutes s'étaient écoulées depuis l'attaque, ils n'en savaient rien, toute notion du temps avait disparu. Hagards, ils étaient assis sur un banc, à l'extrémité de la voie F. Elle remarqua que leur voisin, tout aussi hébété, fixait avec inquiétude les mains ensanglantées de son amoureux.

Alors il lui raconta d'une voix blanche, en quelques phrases hachurées, la jeune fille couchée par terre, le sang s'échappant de son artère rénale, qu'il avait essayé de comprimer en attendant les secours, l'homme venu lui prêter main-forte, médecin lui aussi, et grâce auquel il avait pu courir vers l'autre corps gisant sur le sol, quelques mètres plus loin, une autre jeune fille, dont il avait su d'un regard qu'il ne pourrait rien pour elle. Puis, en quelques minutes, l'arrivée des soldats de la force Sentinelle, le fou furieux qui s'était jeté sur eux dans un ultime assaut suicidaire, les coups de feu qui l'avaient abattu. À peine avait-il aperçu la silhouette de l'assaillant, il n'avait pensé qu'aux victimes. Aucune n'avait survécu.

Elle ne sut pas quoi dire, elle pleurait en silence en le serrant dans ses bras.

Des policiers armés avaient envahi le hall et les quais. La panique semblait revenue, ils ordonnaient maintenant d'évacuer la gare, suspectant la présence d'un colis piégé.

Ils se retrouvèrent en pleine rue, au milieu d'une foule de badauds qui observait la police former un cordon de sécurité autour du bâtiment, avant l'arrivée des démineurs. Ils s'installèrent à la terrasse du premier café venu et fouillèrent en vain leurs poches à la recherche d'une cigarette. Un voisin de table leur en offrit généreusement une chacun. Autour d'eux, personne ne semblait avoir assisté aux meurtres. Les gens conjecturaient une fausse alerte à la bombe, s'agaçaient que leur train soit retardé. Un écran géant au fond de la salle montrait un journaliste de BFM TV déjà sur place. Au-dehors régnait un brouhaha infernal, mais entre eux le silence s'était installé, ils n'avaient plus de mots. En fumant, il inspecta ses doigts tachés de sang et se leva pour les passer sous l'eau. Elle eut un mouvement de panique : « Ne me laisse pas seule. » Il tenta de la rassurer, dit qu'il revenait dans une minute. La rue était encore une menace, elle préféra entrer dans la salle recharger son portable.

Il fallut trouver le courage de téléphoner aux enfants pour leur expliquer la situation, sans donner de détails. Plus tard, des policiers en quête de témoins les conduisirent au commissariat faire leur déposition. Ils furent entendus séparément, afin de ne pas s'influencer. Lui par un homme, elle par une femme.

Elle n'arrivait pas à dérouler un récit cohérent et fondait en larmes toutes les deux minutes. L'inspectrice sortit lui chercher un Coca, et l'autorisa à fumer dans le bureau – en chemin, ils avaient demandé à leur escorte de s'arrêter dans un tabac.

En ouvrant la capsule du Coca, elle avait machinalement jeté sa cendre dans le trou de la canette. Alors elle s'était remise à pleurer en s'excusant piteusement. L'inspectrice, imperturbable, s'était levée pour lui en chercher une autre, en posant doucement la main sur son épaule.

Quand elle réussit à dompter ses sanglots, elle raconta mécaniquement ce qu'elle avait vu, entendu et ressenti : la surprise, le choc, l'effroi, et maintenant le dégoût et la colère. Elle dit aussi qu'elle s'inquiétait pour son compagnon qui avait vécu des choses bien plus terribles. L'inspectrice la réconforta, son compagnon était médecin, il « surmonterait ».

Lorsqu'elle la remercia pour son écoute, l'inspectrice répondit d'un air triste : « Vous savez, j'ai été formée, j'étais à Nice en 2015. » On leur demanda ensuite de patienter encore pour la prise en charge psychologique. Assis au milieu d'un couloir, en pleins courants d'air, ils furent assistés par une psychologue qui leur parla de choc post-traumatique, en détachant chaque syllabe, dans un langage tellement simpliste qu'ils réprimèrent tous les deux un fou rire. Et puis elle leur posa une question qui les cueillit malgré eux : « Comment comptez-vous en parler à vos enfants ? C'est important. Il faut leur dire la vérité. Pour qu'ils comprennent votre état… »

Vers minuit, quand la gare fut rouverte, ils montèrent dans un train, et s'aperçurent que, durant tout ce temps, elle avait gardé à la main le sachet en papier contenant leurs sandwichs. Ils n'y touchèrent pas et sombrèrent dans un mauvais sommeil.

Dans le taxi, en retrouvant l'atmosphère familière de leur ville, ils devinèrent que leur douleur ne s'effacerait jamais. Et qu'à Marseille, qu'ils avaient tant aimée, quelque chose était mort en eux.

Les jours suivants, quand ils évoqueraient ce qu'ils avaient vécu, le chagrin les souderait plus fort encore. Mais une part d'innommable, impossible à partager, demeurerait toujours associée au souvenir de cette journée.

Et puis un jour, ils cesseraient d'en parler.

À la mémoire de Maurane et Laura,
tuées à l'âge de vingt et vingt et un ans
le dimanche 1er octobre 2017
à la gare de Marseille Saint-Charles
lors d'une attaque terroriste.
Maurane était étudiante en médecine,
Laura élève infirmière.

Palimpseste

PAR CHARLINE MALAVAL

À sa manière de se mouvoir, le dos voûté et les os des épaules pointus, il semble porter sa plus tendre enfance comme un fardeau. Ce n'est ni à cause de ses baskets trouées, ni de ses cheveux mal coupés, mais plutôt du sérieux qui ne quitte jamais son visage, de ses sourcils qui ne se déplient pas et de sa bouche qui reste crispée.

Sur un trottoir gris essoré par des torrents de pluie froide, comme tous les matins depuis quelques semaines déjà, les habitants de cette petite rue sans histoire assistent au même spectacle. Il arrive, traînant de toutes ses forces derrière lui une table. Les pieds en métal raclent sur le béton et ce barouffle d'enfer les avertit de sa présence. Il colle soigneusement la table contre la lourde porte ouverte sur la cour d'un immeuble, au ras du rideau de pluie. Quelques instants plus tard, il revient avec une chaise qu'il installe derrière le petit bureau. De ses jambes trop courtes, il se hisse, s'assoit et sort d'un sac en tissu un crayon et un grand journal plié à la va-vite. Le bout de ses pieds frôle le sol en se balançant sous lui. Puis, sous le regard silencieux des passants, il se met au travail. *Le Monde* est dans un piteux état.

Autour de lui, des gens passent, se bousculent, trottinent, klaxonnent, flânent, rient, hurlent presque sans le voir. Cet enfant, qui ne doit pas avoir plus de sept ans, a le visage soudainement illuminé par ce qu'il s'apprête à faire. Du plat de la main, il défroisse le papier, frotte, lisse, efface, puis se met à crayonner. Déterminé, il fait passer sa langue sur sa lèvre supérieure comme pour goûter l'effort. Ses pupilles sombres suivent la mine d'un crayon à papier auquel il s'agrippe comme à une planche de salut en haute mer. On dirait qu'il s'évade alors même qu'il n'y a pas assez de rêves et de légèreté sur ce pavé qui éclabousse. Il n'y a qu'à voir la manière dont marchent tous ces gens courbés, usés de se contorsionner, d'esquiver.

Pourtant, le petit garçon ne voit rien, ni personne autour de lui. Parfois, on le bouscule. Parfois, au-dessus de son épaule, on crie, on se chamaille. D'autres enfants, agacés par son sérieux, lui lancent un ballon, un coup d'épaule, un juron.

« Qu'est-ce que tu fabriques ? » « Eh, j'te parle ! » On l'interpelle, on rit, on s'interroge. Mais rien n'est encore parvenu à le dévoyer. Il ne répond jamais. Alors tous se sont habitués.

Ses cheveux rasés laissent voir par endroits le blanc de son crâne, là où le coiffeur a distraitement perdu le contrôle de sa tondeuse. Il fait froid et *ses oreilles doivent être gelées*, pense une femme, tous les midis, lorsqu'elle rentre chez elle. *Si seulement il portait un bonnet*, se dit-elle en frissonnant dès qu'elle pose les yeux sur ses lobes rougis. *J'en ai un en trop, celui que ne porte plus Maxime. Je vais le lui donner tout à l'heure*, elle en prend la ferme résolution, avant d'être avalée par la spirale des escaliers qui mènent à son appartement. *Demain, sans faute. Mais j'espère qu'il ne sera plus là demain, le pauvre*. Cinq étages à escalader vers l'oubli, submergée par les odeurs familières, les souvenirs de la matinée, de la veille, de la vie d'avant. Sous ses pas, le bois craque et elle se rappelle que Marion aurait exactement son âge. *Elle ne serait pas beaucoup plus grande mais elle aurait les cheveux plus longs bien sûr, c'est une fille. Ses baskets seraient roses et ses mains porteraient des gants si…* Elle enfonce la clé dans la serrure et s'efforce de résister à cette lassitude qu'elle connaît bien. Immédiatement, sans même poser son manteau, mue par l'urgence de s'occuper les mains, elle commence à préparer à manger. Maxime rentrera bientôt de l'école et n'aura pas tout à fait une heure pour engloutir le repas qu'elle aura cuisiné. Il doit la trouver affairée, gaie, écoutant les informations à la radio, préoccupée uniquement par ce qui se passe dans le monde, car en dehors de cela, rien n'est grave, parce que c'est comme ça que doivent se comporter les parents. Ensuite, elle le regardera dévorer le contenu de son assiette. La purée disparaîtra en quatre coups de fourchette, la saucisse en trois. La moitié d'une baguette de pain en quelques bouchées. Elle ne pense absolument plus à l'enfant dehors. Elle est de l'autre côté du rivage. Elle repartira, trop pressée, en retard et il ne sera plus là. Il aura disparu et la petite table aussi. Jusqu'au lendemain matin.

Les yeux de l'enfant sont d'un noir d'encre, rendus plus profonds par la gravité qu'il met dans sa tâche. Il a le regard dur de ceux qui sont résolus à résoudre des mystères. Alors depuis quelques jours on ne l'embête plus, on ne le chamaille plus et on fait même plus que tolérer sa présence. On le respecte.

Une cheville enroulée autour du pied de sa chaise, l'autre bat contre le pied de la table à intervalles égaux. L'épicier qui ouvre la boutique à 8 heures le trouve déjà installé, et ses coups répétés lui suggèrent distraitement la mesure d'une musique que lui seul entend. La rythmique rappelle à l'homme un chant de son enfance, quand il avait son âge ou à peu près. Il se met à fredonner, un sourire triste aux lèvres. Sa mère lui murmurait les paroles de sa voix si douce et il bute sur un mot. *Celui-ci ou un autre ?* C'est pourtant capital. Il réfléchit, s'acharne à rouler les mots sur sa langue. *Lequel sonne le mieux ?* S'il ne s'en souvient pas, c'est qu'il n'a pas suffisamment honoré la mémoire des siens. Il ferme les yeux et pousse un soupir de découragement. La mélodie s'effondre sur la note stridente et désaccordée du rideau de métal qu'il vient de lever. L'homme se tient sur le trottoir, face à sa devanture, les bras croisés. La pluie ruisselle sur ses épaules sans qu'il y prête attention. Le battement de pied envahit tout. Il fait émerger des tréfonds de sa mémoire les notes qu'il tente de chasser par les pensées du quotidien. Le printemps approche. Il faudra décorer la devanture avec des fleurs fraîches pour mettre en valeur les cerises, les abricots, les pêches, les melons et les pastèques. Il enfonce ses mains dans ses poches faisant mine de réfléchir. L'homme n'observe pas l'enfant, mais il le garde dans le coin de son champ de vision. Il préfère deviner sa présence, comme pour en flouter les contours. L'enfant l'intrigue. Mais lui parler, ça serait soulever un problème. *Après tout, il a l'air bien habillé ce gosse, il attend, il doit être puni. Et si ce n'est pas le cas, je devrais m'en occuper et je n'ai pas le temps. Il a l'air si seul. Où sont ses parents ? Sa famille ?*

L'homme entre dans sa boutique et prend une pomme, une orange et une poignée d'amandes, ressort et pose le tout sur la table, toujours sans jeter un seul regard sur le visage de l'enfant. Quelque chose dans l'éclat de ses yeux l'effraie. Un client entre enfin et l'accapare. Il force le trait du commerçant enthousiaste et pousse le volume de sa voix un peu trop fort. « Qu'est-ce que je vous sers aujourd'hui ? » « Les fraises sont excellentes, très parfumées. » Il est soulagé de pouvoir enfin couvrir le vacarme de cette phrase qu'il se répète depuis des jours. *Ce soir, quand je n'aurai plus de clients, je ferai quelque chose pour lui...*

Le journal est déplié sous les coudes de l'enfant. La double page occupe la totalité de ce bureau improvisé et dépasse même un peu de part et d'autre. Du plat de la paume, il frotte une petite surface afin de flouter les photos, les colonnes, les lignes. Puis, avec son crayon, il recouvre les parcelles estompées, les unes après les autres. Comme pris d'agitation, il fait courir la mine, entoure, rature, noircit, barre, hachure, griffonne. Il renvoie le sujet de l'article en double page au passé. Une nouvelle histoire se superpose. Un destin tout neuf ne demande qu'à éclore.

Depuis le café d'en face, de l'autre côté de la rue, deux clients font taire leur malaise d'un éclat de voix. *Qu'est-ce que tu as fait pour être puni comme ça, gamin ? Écoute-moi bien, mon grand, faut pas faire de conneries, parce que quand la vie punit, c'est pas des lignes que t'as à copier, c'est des mensonges à te répéter à toi-même, encore et encore.* L'autre rit, un peu trop fort. Ils trinquent, il est tôt. Cul sec. Après cela, leur champ de vision se rétrécira au bord du zinc et en dessous, sur le carrelage noir et blanc. Ils ne se concentreront plus que sur les marges et les à-côtés. Un deuxième verre et la vision sera brouillée, le lendemain ouaté, et le monde à portée de bras sera flou.

La serveuse du café-bar-tabac essuie la vaisselle d'un geste machinal et répond dans sa tête aux questions muettes des deux habitués : *L'enfant n'est pas à la rue. Il vient d'arriver mais on s'occupe bien de lui*, elle s'est renseignée. *C'est juste que le matin, il a un peu de temps libre et il y a trop de gosses à surveiller en classe, et puis il embête personne, après tout. Sa vie n'est pas faite que de ça tout de même…* Ce qu'elle ne dit pas, c'est qu'elle comprend qu'il n'aime pas être enfermé. Le matin, elle guette son arrivée. Elle entend les pieds de la table, puis ceux de la chaise racler sur le trottoir. Elle lui prépare alors un chocolat chaud. C'est devenu son petit rituel. Elle le regarde s'asseoir, déplier son journal, effacer pour réécrire. Elle veut lui créer un beau souvenir, y être pour quelque chose s'il s'en sort.

Tous les jours, l'enfant écrit sur son exemplaire du *Monde*. Le vendeur de journaux qui tient un kiosque à quelques dizaines de mètres de l'endroit où l'enfant s'attable, s'en est amusé et, de temps en temps, lui parle sans même savoir s'il comprend : « Au Moyen Âge, les moines écrivaient des histoires sur d'anciens manuscrits parce que le papier coûtait très cher. » L'homme lui a un jour offert un invendu, un exemplaire du même journal, mais l'enfant n'y a pas touché. Il doit d'abord finir de réécrire l'histoire de ce jour spécial, apprendre à ne pas l'oublier.

Le vendeur de journaux passe une main distraite sur les cheveux ras de l'enfant et jette un coup d'œil sur ce qu'il prenait au début pour des dessins. L'enfant ne lève pas la tête et continue de faire courir sa main pour réécrire, comme pour effacer *Le Monde* du 24 février 2022 qui n'a plus rien à voir avec ce qu'il était.

Haïkus

PAR MATHIAS MALZIEU

Chaque soir, je compose un haïku*.

J'y recueille le suc des émotions ressenties dans la journée. Une gymnastique poétique, un jeu qui me permet de traquer les lueurs tel un photographe.

En voici un petit bouquet…

1

Cœur bouilli
Aux étoiles électriques
Chantées sous la nuit

(Écrit sous adrénaline un soir de concert)

---

* Poème japonais miniature comptant traditionnellement 17 syllabes.

2

Parfum de sous-bois
Fantômes de feuilles mortes
Enfin l'enfance

(À vélo, quelque part entre Paris et Deauville)

3

J'ai vu (le) Messi
Marcher sur l'herbe au
Parc des Princes

(Ai souvent confondu Football et Poésie)

4

Le fleuve la nuit
Cambriolage poétique
En libre-service

(Après une promenade nocturne en paddleboard ou « planche à pagaie » sur la Seine)

8

Martin-pêcheur
À coups de bec recoud
Mon horizon

(En regardant tomber la nuit à travers un hublot)

9

Repos du guerrier
Porcelaine ébréchée
À recoller

(Après une blessure de guerre joyeuse sur scène)

10

Ciel étoilé
Kit de réparation
Pour les rêves

(Dans un jacuzzi à minuit)

11

Dix-huit ans
Ton fantôme est majeur
Pour toujours

(Le 11 septembre 2021, dix-huit ans après le décès de ma mère)

12

Dormir avec
Un papillon manucuré
Au bord d'éclore

(N'importe quel soir depuis plus de deux ans)

13

Feuilles mortes
Ressuscitées par le vent
Nuit d'automne

(À l'avant d'un bateau, juste après un coup de fil)

14

Éclair de joie
Simple et brute
Comme un but

(Partager la scène avec son amoureuse)

15

Ce feu rose
Caramélise les nuages
Impressionnistement

(Lors d'une promenade en paddleboard au crépuscule)

16

Les arbres adorent
Se dorer à l'or fin
Pour l'automne

(Chacun sa tenue d'Halloween)

17

Les poètes sont
Les prophètes de l'instant
Plus-que-présent

(Petite crise de waltwhitmanisme)

18

En dehors de
La joie de combat
Tout est vanité

(Après m'être endormi dans un hamac avec *Le Gai Savoir*, de Nietzsche)

19

La lune bleue
Coupée comme un gâteau
Saupoudrétoiles

(Lors d'une insomnie pendant les corrections de mon dernier roman)

20

Le fleuve coule
Directement dans mon cœur
Pour toujours

(Parce qu'il n'oublie jamais de me tenir au courant)

21

Ma fiancée est
Une fée aux ailes
En tour Eiffel

(Le jour où ma compagne a accepté de devenir ma fiancée)

22

Tomber amoureux
Plusieurs fois par jour
D'une fée

(Et par nuit, devrais-je ajouter)

23

Embrasez-vous
L'unique réponse
Tout est là

(Nouvelle crise de waltwhitmanisme)

24

Ton sourire
Change ton visage
En abricotier

(Entre 17 et 69 fois par jour
selon la météo émotionnelle)

Bonne nuit les petits

La chambre d'Élise

PAR MICHAËL URAS

j'aimerais savoir quel mystère
il y avait entre nous.

Citation tirée de *Notes* de Juan Gelman.

Élise a une chambre. Jusque-là, vous me direz qu'il n'y a rien d'extraordinaire à cela. Avoir une chambre, dans notre pays, c'est somme toute assez banal. Mais la chambre d'Élise est plus qu'une chambre. Premièrement, elle y passe le plus clair de son temps. C'est un peu comme un bocal pour un poisson. Attention, cela n'est en rien un reproche fait aux poissons. Au contraire. Élise ne la quitte presque jamais et les journées passent les unes après les autres avec Élise sur le lit. Élise sur le canapé (parce que sa chambre est assez grande pour y placer un canapé). Élise au sol, en train de faire ses exercices de yoga. Élise à la fenêtre à regarder la rue désespérément vide. Élise au téléphone. Toujours. Partout. Donc, la chambre d'Élise est un lieu très agréable, douillet et chaleureux. Quand on y entre, on n'a plus envie d'en partir. Même si Élise ne s'y trouve pas. Élise ajoute de la valeur à la chambre mais la chambre pourrait très bien vivre sans elle. Les murs sont cruels et plus durables que les êtres vivants. C'est comme ça. Les murs de la chambre d'Élise ont connu d'autres habitants et les ont oubliés très vite. Ils oublieront Élise quand elle se décidera à partir. C'est comme ça. Il ne faut pas être triste pour autant.

Ce matin, Élise est sortie très tôt. Elle était pressée. Avant, elle allait d'un point à un autre de la chambre à toute vitesse. Pressée. Pas un regard. Les gens qui courent sont épuisants. Ils sont comme les oiseaux qui battent des ailes très vite sans réussir à s'envoler. C'est la frustration que l'on nomme ainsi, je crois. Élise n'a même pas pris la peine de plier correctement son pyjama, un truc avec une capuche en laine à utiliser quand il fait vraiment froid. Ou quand on est vraiment triste et qu'on veut se cacher du monde. Élise la mettait rarement, avant. Puis, un peu plus souvent ces derniers temps. Elle n'était pas si frileuse, pourtant. D'ailleurs, elle a enfilé sa parka bleue à regret. Trop bleue. Trop épaisse. Si agréable au toucher, pourtant.

Quand Élise a quitté la chambre à toute vitesse, sa maman a crié « surtout, n'oublie rien ! ». Mais Élise n'oublie jamais rien. Elle est méticuleuse. Il y a des enfants qui n'ont pas de tête. C'est sa maman qui dit ça. Elle se trompe. Élise a une tête. Des cheveux bruns longs et bien rangés. Des yeux vert émeraude. Une peau si douce. Le cri de sa maman a résonné dans toute la maison. Une vraie lionne ! Il faut croire qu'elle aime crier. Et qu'Élise aime faire crier sa maman en tardant un peu, le matin, après avoir gardé sa capuche si douce toute la nuit sur la tête qu'elle a si belle.

Parfois, on pourrait penser que les gens se crient dessus pour se dire qu'ils tiennent les uns aux autres sans vraiment le dire. C'est comme ça. On veut dire quelque chose sans y arriver, sans oser le dire. Alors, on fait autrement. On prend un autre chemin. On se frotte. Et on peut se perdre. Élise est partie, a descendu l'escalier quatre à quatre parce que sa maman l'attendait déjà dans la voiture. Prête à démarrer. Elle ne serait jamais partie sans elle de toute façon. On n'abandonne pas sa progéniture comme ça. On y tient.

Élise est remontée en courant, elle a oublié son bonnet. Moins méticuleuse, Élise. Où était le bonnet ? Sa maman klaxonne à présent. Le bruit d'un klaxon est le bruit le plus terrible de l'univers. Tous les oiseaux du quartier ont filé. Le bruit de leurs ailes. Tous les animaux ont sursauté. Et Élise ne retrouve pas son bonnet. Elle dérange tout, soulève un classeur, en vain. Déplace le fauteuil. Sous le fauteuil ? Non ! Ouvre un tiroir, en vain. Fouille parmi ses vêtements pliés. Ses vêtements si bien pliés par la femme qui klaxonne depuis le garage. On peut klaxonner et aimer quelqu'un très fort. Une manière de le dire, particulière encore une fois.

Le bonnet est sous l'oreiller ! Élise ne l'y a pourtant pas mis. Il se cachait peut-être. Trop de bruit dans la maison ! Trop de mouvement. Qui est responsable ? Qui a dissimulé son bonnet si doux ? Élise n'a pas le temps d'y penser. Pas à ce moment. À son retour, elle se chargera d'élucider le mystère. En attendant, elle pense seulement à bien porter le bonnet que sa meilleure amie lui a offert pour son anniversaire, le mois précédant sa disparition. Emma. Un bonnet blanc. Bien enfoncé sur les oreilles parce qu'il fait un froid terrible, dehors. La neige a recouvert la maison et toutes les rues alentour. La nuit a été calme, sans mouvement, sans vie, en fait. Tout le monde s'est mis à l'abri. Pas un chat, dehors. Alors, sortir si tôt sans bonnet blanc serait une folie.

Parka bleue, bonnet blanc. Emma, quand elle la voit accoutrée ainsi l'appelle… le Schtroumpf… c'est drôle, selon elles. Les filles rient et chahutent en s'appelant Gargamel et Azraël…

Des plaisanteries particulières. Des frottements avec des mots. Et des mains.

La maison sans Élise et sa mère redevient calme. Un havre de paix où il fait bon se détendre près de la cheminée éteinte. Plus personne n'ajoute une bûche pour entretenir le feu. Plus personne. Dehors, la neige n'en finit pas de se déverser sur la route. Et les fenêtres striées par les flocons ne laissent passer qu'un tout petit peu de lumière. Tout est endormi.

Dans la voiture, Élise et sa mère parlent fort, sans doute. Elles parlent toujours fort dans la voiture parce que la maman d'Élise a la mauvaise habitude d'écouter la musique fort. Il faut donc parler fort pour s'entendre par-dessus la musique. Les gens qui écoutent la musique si fort ont des problèmes d'oreilles. Ou alors, ils veulent couvrir le bruit du monde, ne pas l'entendre et faire comme s'il n'existait pas.

Les maisons ont besoin du vide, du vide d'être humain. Et la maison d'Élise doit être satisfaite de les voir partir. Pas seulement la maison, d'ailleurs. Les insectes et tout le reste également.

Malheureusement, l'absence d'être humain ne dure pas.

En effet, quelques minutes après le départ des deux habitantes, la porte d'entrée s'est ouverte. Juste avant, le mouvement d'une clé hésitante a résonné dans la maison vide. Droite. Gauche. Puis, la poignée, qui grince depuis des mois, s'est réveillée. Sur le tapis, dans le salon, le père d'Élise semble découvrir une planète inconnue. Il regarde les objets comme s'il ne les avait jamais vus. Il s'arrête devant une photo d'Élise. Élise et le chien. Un chien qui s'est présenté devant la maison, un soir, et que les parents d'Élise ont fait rentrer… alors qu'ils ne font jamais rentrer personne, ni rien dans cette maison, même les cadeaux qu'on peut leur faire. Le chien s'est installé et personne n'est venu le chercher. Il faut dire que son apparence n'était pas des plus attirantes. Son poil semblait mouillé en permanence, on avait l'impression en le croisant qu'il sortait de la machine à laver. Aucun style, ce chien. Mais Élise tenait à lui. Beaucoup. Les choses sont ainsi. Heureusement, le chien a quitté la maison un beau matin, sans plus d'explications. Un chien des rues finit toujours par y retourner. Comme les saumons reviennent là où ils sont nés.

Le papa d'Élise prend le cadre photo dans ses deux mains, il ne veut pas le faire tomber. Il exerce une forte pression de ses doigts sur les bords avant de reposer le cadre. Et Élise. Et le chien.

Ensuite, il monte dans la chambre de sa fille. Elle n'est pas là. Mais il doit le savoir parce qu'il ne l'appelle pas comme il le fait d'habitude. Pas de « Ma chérie ». Pas de « Mon poussin », expression qu'Élise rejette unilatéralement. On peut la comprendre. Il n'y a aucune gloire à se faire appeler ainsi. Un poussin ne fait pas rêver les jeunes filles…

Il est debout dans le monde d'Élise, son univers minuscule, et prend le temps de regarder chaque chose comme s'il voulait tout emporter avec ses yeux. L'affiche du concert où ils sont allés un an auparavant. Un chanteur qui ne sait pas chanter et dont la musique envahit le bocal au moins une fois par jour. Le père d'Élise doit penser à cette soirée mémorable à cet instant. Ils sont rentrés très tard du concert. Élise a chantonné encore pendant une heure, même sous la couette. Elle chante mieux que l'artiste et son père le lui a dit le lendemain au petit déjeuner. Une discussion difficile car Élise aime tellement son chanteur…

Mais, face à l'affiche, son père ne parle pas. Il passe sa main sur le papier, peut-être pour récupérer un peu d'Élise qu'elle a laissé en partant. Les gens font des choses étranges, parfois. Mieux vaut laisser faire et garder ses distances. La main du papa d'Élise touche encore l'affiche quand la sonnette de la maison retentit. Il sursaute. Les araignées aussi. Il se précipite vers la fenêtre pour voir qui le dérange. La personne qui sonne n'a sans doute pas compris le principe de la sonnette car le bruit ne cesse pas. Le sonneur ou la sonneuse laisse le doigt enfoncé. Le papa d'Élise se fige comme une proie qui ne bouge plus pour tromper son prédateur. « Je ne suis pas là, je n'existe pas… »

Gelé, le papa. Immobile à la fenêtre, ce grand type qui prie certainement pour que la sonnerie s'arrête. Les araignées et les autres insectes également. Et le bruit disparaît comme il est venu. Le papa d'Élise, libéré de la menace, se remet à bouger. Il s'assied sur le lit d'Élise délicatement comme si elle y dormait et qu'il ne voulait pas la réveiller. Ce qu'il fait quand elle est souffrante et qu'il vient voir si tout va bien durant la nuit. Il s'installe presque aussi discrètement qu'un chat. Presque. Il ouvre la table de chevet de sa fille. Interdit ! Interdit ! Élise interdit à tout être vivant d'ouvrir le tiroir de son chevet. Une fois, sa maman a jeté un œil sur ses petits secrets et la soirée qui a suivi n'a été que cris et dispute. « C'est ma chambre ! J'ai droit à mon intimité ! »

Élise sait quand on touche à ses affaires. Ce jour-là aussi, elle saura. Son papa sort une carte postale du tiroir et lit l'inscription à haute voix. « Arzachena. » Les membres de la famille ont souvent prononcé ce mot avant les vacances d'été. Et après. « Arzachena. » C'étaient leurs vacances. Pas celles des autres. La voisine s'était proposé de venir régulièrement dans la maison. Il y avait des choses à surveiller, du courrier à relever, des plantes à arroser… Gentille, la voisine, dévouée et sérieuse. Ponctuelle. Douce, aussi. Une voix légère comme une feuille portée par un vent délicat.

Le papa d'Élise remet la carte à sa place avec précision et referme le tiroir. Il tire ensuite une enveloppe de la poche de son grand manteau et la glisse sous l'oreiller de manière qu'on ne la voie pas immédiatement. Il faudra s'affairer pour la trouver. Sauf si on l'a vu la dissimuler. Mais Élise ne l'a pas vu. Élise sous la neige, avec son bonnet enfoncé jusqu'aux yeux. L'enveloppe a remplacé le bonnet. Il n'y a pas tant de cachettes que cela dans une maison.

Le papa d'Élise respire profondément l'oreiller de sa fille. Un oreiller au parfum agréable comme un minuscule rayon de soleil un jour de tempête. On veut le retenir. Il respire rapidement à présent. Une course s'engage dans sa cage thoracique. Il consulte sa montre et se dirige encore une fois vers la fenêtre. Après un coup d'œil rapide sur la neige qui n'en finit pas de tomber, il quitte la chambre. Au sol persiste l'empreinte de ses chaussures. La maman d'Élise lui reproche régulièrement de marquer le parquet et de le rendre glissant, donc dangereux, pour les habitants de la maison. On ne peut qu'abonder dans son sens. Et lui fait d'autres reproches à sa compagne. Match nul. Élise oublie les disputes en s'enfermant dans sa chambre. La chambre d'Élise.

Il descend l'escalier et ouvre la porte pour s'en aller. Cependant, juste avant de disparaître, il se retourne et place son index sur ses lèvres. Chut… Les araignées ne diront rien concernant sa venue.

La maison retrouve son calme immédiatement après son départ. Enveloppé par la neige, son cœur battait lentement. Il faut vraiment être fou pour sortir. Ou avoir une chose essentielle à faire. Chercher de quoi se nourrir par exemple…

Depuis la fenêtre, on aperçoit de temps à autre un passant filer rapidement dans la rue. Tête baissée et couverte. Pas un chien.

L'absence de trouble se poursuit jusqu'au retour d'Élise et de sa maman. Cette dernière ouvre la porte avec difficulté, ses bras sont très chargés. Elle tient un morceau d'arbre. Et à l'autre bout se trouve Élise.

« Fais attention au mur.

— Oui, maman.
— Fais attention aux épines.
— Oui, maman. »
Fais attention, fais attention, fais attention… les petits apprennent aussi de leurs erreurs. Elles sont utiles parfois.

Les deux femmes placent l'arbre dans le salon. Elles semblent heureuses. Heureuses d'avoir rapporté un arbre plein d'épines. Sensation étrange qui explique leur départ mouvementé au petit matin. Pourtant, il y a déjà un arbre dans la maison, sans feuilles, sans épines. La suite est une débauche de mouvements. De couleurs. D'objets, que l'on accroche à l'arbre sans qu'il ne dise rien. Les arbres sont sans courage. On peut les parer comme bon nous semble.

Le devoir accompli, Élise retrouve sa chambre et remarque les traces de pas qui s'arrêtent à son lit. Instinctivement, elle enlève la couverture pour vérifier qu'il n'y a personne puis soulève l'oreiller. L'enveloppe n'a pas bougé. Elle l'ouvre, sort la carte qui s'y trouve et presque immédiatement se met à pleurer. Des larmes très salées tombent sur le parquet, en silence. Elles modifient les traces laissées par son père. Elle porte la carte à la bouche.

« Je t'aime, papa », elle répète à plusieurs reprises. « Je t'aime, papa. »

Puis, elle baisse la tête et regarde à côté de sa cheville. « Ah, si tu pouvais parler, toi… tu me regardes en silence… tu l'as vu, alors ? Il a attendu qu'on sorte pour venir. Heureusement qu'il a gardé une clé de la maison. Heureusement. Si tu pouvais parler, tu me dirais comme il était beau. Tu me dirais ce qu'il a regardé dans la maison, les objets qu'il a touchés, s'il a dit quelque chose, s'il a prononcé mon nom… mais tu ne parleras pas. Je suis idiote. »

Non, tu n'es pas idiote, Élise, mais effectivement, je ne dirai rien, je ne parlerai pas. Je peux même affirmer que je ne parlerai jamais. C'est une certitude. Ni à toi, ni à personne d'ailleurs. Je resterai un témoin muet. Muet comme une carpe… Ou plutôt comme un chat ! Ce que je suis.

Les feux follets

PAR NINA BOURAOUI

Couché dans les bruyères des falaises de la Varde à quelques kilomètres de Saint-Malo, dans le vent et au-dessus de la mer, Jeremy rêve à une autre vie, loin des bunkers de la Seconde Guerre mondiale qui l'entourent, loin de ce qu'il ressent chaque jour : lui ne fait la guerre à personne et pourtant il n'est pas en paix avec lui-même. Jeremy a dix ans, ce n'est pas beaucoup dix ans, ce n'est rien, une poignée d'années, un bouquet de roses dans le temps qui file mais pour lui c'est une cathédrale : dix ans à mentir, dix ans à ne pas pouvoir dire qui il est. Il est différent, il le sait, l'assume, n'en tire ni gloire ni fierté.

Ici en Bretagne, il n'a jamais rencontré un garçon qui aurait pu lui ressembler : il aurait adoré, il a cherché, espéré, il n'a pas trouvé, ni dans sa famille ni à l'école, il ne s'en plaint pas, d'ailleurs il ne dit jamais rien, non par honte, juste parce qu'il sait que personne ne pourrait le comprendre, l'entendre ; cette différence se vit, c'est tout, elle est devenue une amie, une compagne de route, Jeremy marche, court et s'il pouvait voler au-dessus des falaises de la Varde, il volerait ; non pour s'enfuir mais pour épouser la nature qui l'a tant protégé : elle est son témoin, elle sera sa mémoire, de cela il est certain, les hortensias et les chênes, les champs de marguerites et de coquelicots, les goélands et les mésanges bleues, les pins aux hautes cimes, les tourterelles et les poissons volants gardent ses secrets.

Jeremy est intelligent, il sait qu'il faut libérer l'esprit des mots, sinon, eux les mots, ces ronces et ces orties, finissent par vous étouffer et anéantir toute possibilité d'imaginer, de rêver ; il a appris, tout seul, à parler avec la nature, avec le ciel, avec les nuages qui prennent tant de formes, ils ont de la chance eux, il aimerait leur ressembler ; à cette nature il raconte son histoire, elle ne le trahira pas, elle l'entend, le comprend, de cela aussi il est certain, la nature ne le juge pas, seuls les humains forment un tribunal, condamnent, assassinent quand ils disent « Jeremy ne marche pas comme ça, Jeremy tu n'es pas une fille, Jeremy tu nous fais honte. »

Sa mère, elle, dit « tu es beau mon blond, tu es les blés et l'océan avec tes yeux bleus, tu auras un bel avenir » et « un jour tu sauras qui tu es vraiment » et encore « seul l'amour sauve de la solitude », Jeremy, lui, pense que sa mère se trompe, que son avenir pourrait s'arrêter là, dans les bruyères, qu'il pourrait se fondre à la terre et disparaître ; il aimerait tant dire à sa mère qu'elle se leurre, qu'il n'est pas beau, que ses pensées sont contraires à son image, que l'amour n'est pas pour lui, en tous les cas, l'amour comme sa mère l'entend, l'envisage, le vit ; peut-être qu'elle ne s'attendait pas à ce fils-là, mais sa mère, comme la nature, ne le juge pas, espérant sans doute un changement, un retournement. Mais sa mère ne sait pas, non, elle ne sait rien. Elle ne connaît pas son fils et cela fait de la peine à Jeremy.

Parfois son cœur est si plein de larmes, si plein de la tristesse de trahir sa mère qu'il admire, de cela il pourrait mourir, mais on ne meurt pas à dix ans, ce n'est pas vrai. Cette tristesse écorche le cœur de Jeremy à l'infini et ce n'est pas bon de s'écorcher le cœur, car un cœur blessé ne saura pas bien aimer.

Non, elle ne sait pas, sa mère. Elle ne sait rien de ce qu'il fait dans son dos quand elle n'est pas là dans leur petite maison de Paramé, chemin de La Crolante qui mène à la plage du Pont, quand il rentre de l'école et que ses parents travaillent. Personne ne sait, les robes et le fard à paupières, le rouge à lèvres et la coiffure, les foulards, les robes et les escarpins, personne ne sait la musique et les vieux disques et la chanson de Sylvie Vartan *L'amour c'est comme une cigarette*. Jeremy rêve que l'amour lui monte à la tête comme dans le refrain. Qui aimer ? Cet amour lui semble impossible, pire, interdit, il ne connaît personne comme lui ici en Bretagne et parfois il se dit que nul sur cette terre ne lui ressemble, mais il est trop jeune pour savoir, il n'a pas encore voyagé, par-delà les mers peut-être qu'un garçon l'attend : connaîtra-t-il la chanson de Sylvie Vartan ? Cette chanson c'est toute sa vie, c'est Simone, sa grand-mère disparue, qui la lui chantait. Elle, elle savait. Elle, elle avait compris. Mais elle n'est plus là. Parfois il se dit que Simone le regarde depuis les étoiles et qu'elle lui donne de la force, pour après, sauf qu'« après » quand on a dix ans, cela n'existe pas.

Les jours de chagrin pour se consoler, Jeremy se compare aux pierres volcaniques qu'il collectionne depuis des années et qui changent de teinte selon la lumière qui les éclaire. Il gagne sa force ainsi, en pensant que sa différence est un atout, qu'il regardera la vie plus tard sous un autre angle, comme si ses yeux étaient un appareil photographique qui révélerait le vrai visage des gens et il se dit aussi que sa différence lui ouvrira une voie nouvelle, plus large qu'aucun des chemins qu'il a jusqu'ici empruntés : voie de la tolérance et donc de la liberté.

Il est persuadé que l'amour est universel, pour l'instant son cœur est un pauvre chasseur solitaire. Le plus difficile pour lui n'est pas l'école, il est habitué à se faire bousculer par les autres garçons, habitué aux remarques des filles, « tu ne seras jamais comme nous, Jeremy », il a appris à courir vite après la classe, à s'effacer, à ne pas faire de bruit et il ne se vexe plus s'il n'est pas invité aux anniversaires ou aux soirées pyjamas, d'ailleurs il s'en fiche, lui il a les marées d'équinoxe, les aubes et les crépuscules, la danse des escargots dans la rosée du petit matin, les courses dans les champs de blé avec son chien Ouika, teckel aux oreilles de velours qui jamais ne juge et toujours sourit, canines blanches, truffe noire, yeux-boutons, tendresse et joies : les animaux donnent ce que retirent les humains. Non, le plus difficile, quand il y réfléchit, sa pyramide dont il n'atteindra pas le sommet, pyramide de gêne, de honte et de désarroi, c'est son père ; surtout quand ils prennent le voilier et qu'il doit tenir la barre ; Jeremy ne sait pas où aller, l'horizon ne lui plaît pas et lui fait peur, l'horizon c'est le vide qu'il faut regarder, gagner et lui, il déteste le vide et c'est la force des vents et de la pluie qu'il faut affronter et lui, il déteste la violence, et surtout c'est l'intention de son père qu'il connaît si bien et qui le désole. « Tu seras un homme, mon fils. » Jeremy aimerait tant expliquer à son père qu'il y a mille façons d'être un homme et que seules la vérité et la bonté comptent et qu'un voilier sur l'eau est un vaisseau trop grand à diriger pour lui qui est si petit, dix ans, le bouquet de roses, mais son père ne veut ni comprendre ni entendre, il est comme les autres et il crie : « Baisse la tête, on change de bord, hisse la voile, tiens ton cap, tu vas nous mener au désastre. » Jeremy aimerait lui crier que c'est lui, son père, le désastre, qu'il ne comprend rien et que d'une certaine façon il ne l'aime pas car quand on aime on ne force pas à changer. Jeremy ne changera pas. C'est ça la source de son chagrin : que l'on fasse plier l'être qu'il est. Et d'ailleurs *c'est quoi un être ?* se demande Jeremy. Un composé de sentiments et de rêves. Une somme de doutes et de questions. Quelques histoires et beaucoup d'imagination. Jeremy rêve tant dans la petite maison de La Crolante quand les volets verts sont fermés et que ses parents sont endormis. Il rêve d'un autre monde qui lui ressemblerait avec des personnages mi-homme mi-femme qui lui prendraient la main pour le conduire vers un château fort où l'attendrait son prince qui l'emmènerait sur un cheval blanc découvrir les steppes et les déserts.

Jeremy pense souvent à la peau de sa grand-mère Simone qui sentait le savon à la rose, à sa main dans ses cheveux, à ses bonbons à la menthe quand il avait mal au ventre et au jeu *Des Chiffres et des Lettres* à la télévision, qu'ils regardaient ensemble : le temps s'arrêtait, c'était cela le grand bonheur, Jeremy n'était pas différent, il était, juste « était », près de Simone qui lui faisait des crêpes au sucre et au citron et du chocolat chaud et qui lui laissait porter sa toque de fourrure et sa broche en diamant, il n'était ni roi ni tsar, mais princesse de Bretagne, fée de Brocéliande, bâtisseuse de menhir, nouveau garçon d'un nouvel Eldorado. Simone fumait des blondes et buvait du porto, elle jouait du piano et peignait des pommes, des cerises et des jonquilles, Simone était libre et sa liberté formait dans l'esprit de Jeremy des cercles et des cercles dans lesquels il sautait à pieds joints. Jamais sa grand-mère ne le contraignait, elle disait qu'il lui ressemblait et qu'il devrait veiller à ne pas perdre sa douce folie car les adultes préfèrent les enclos aux vastes vallées, l'habitude aux surprises du bonheur qui surgit quand on ne l'attend pas.

C'est Simone que cherche Jeremy dans les bruyères de la Varde, il sait qu'elle veille sur lui, que les fantômes sont bien plus puissants qu'on ne le croit et que les morts ne meurent jamais si on s'accorde à leur esprit vagabond, léger dans la brume, dentelle dans les pétales, transparence dans l'air qui vrille, vibre et enserre. Pour Simone, Jeremy ne fléchit pas, il sait qu'il a raison, dix ans ce n'est rien et c'est assez pour savoir qui on est, peu importent les insultes ou l'ignorance, la nature fait bien les choses, elle a inventé la différence pour que l'on se regarde, s'interroge, se comprenne, un seul hymne mérite d'être chanté : l'hymne à l'amour dont les notes sont des baisers qui volent et se posent sur le front des enfants qui ne dorment pas. *Chacun doit se réveiller*, pense Jeremy, le sommeil est indifférence et repli, seuls les yeux ouverts sauront distinguer le mal du bien, le beau du laid, le vrai du faux.

Chaque dimanche Jeremy se rend au cimetière de Rochebonne : dans sa main la broche de Simone, autour de la tombe, les feux follets qui dansent pour le saluer.

L'aube de nos vies

PAR SALOMÉ LEPERCQ

Écran noir. Le générique défilait sur un fond de musique larmoyante. Thaïs palpa ses yeux secs. Toujours pas. Elle soupira et ferma le vieil ordinateur. Pour la énième fois, elle n'avait pas pleuré. Elle posa sa main à l'emplacement de son cœur. Elle le sentait battre dans sa poitrine. Pourtant, un gouffre habitait son corps, de la gorge au bas du ventre. Elle n'éprouvait rien. Ni peur, ni frustration, ni honte, ni joie. Elle était un automate dans un monde animé, le fantôme de sa propre vie. La porte s'ouvrit en grand, éclairant sa petite chambre. C'était son frère. Il l'appela d'un signe de tête. Elle se leva et le suivit dans la cuisine. Toute sa famille était réunie autour de la table. De grands sourires illuminaient leurs visages, et leurs yeux brillaient d'excitation. En comparaison, elle était une coquille vide. Jamais elle ne pourrait connaître de telles choses. Elle s'assit et afficha un sourire forcé. Elle s'esclaffa d'un rire sans joie, amer et creux. Elle avait l'habitude maintenant. Sauver les apparences, c'était tout ce qui lui restait.

Entouré de mouchoirs usagés, Simon referma le livre qu'il avait entamé. Les yeux bouffis, il rassembla ses déchets et se leva. Il entrouvrit la porte de sa chambre et se glissa dans le couloir. Il fila à la salle de bains, prenant soin de ne pas rencontrer sa mère. Simon croisa son reflet dans le miroir. Il fut pris d'un frisson. Il passa une main dans ses cheveux blonds et soupira. Il ferma les yeux quelques instants, tenta de contrôler les battements effrénés de son cœur. Une larme roula sur sa joue. Elle fut bientôt suivie d'un torrent d'eau salée. Sanglotant, il regagna sa chambre et s'enterra sous sa couette. Comme toujours, il s'était laissé submerger par les émotions. On l'avait diagnostiqué hypersensible. Hyper, trop. Ça sonnait mal. Trop sensible. Trop peureux. Trop triste ou trop joyeux. Toujours dans l'excès. Il s'allongea sur le dos et régula sa respiration. Les joues humides, il s'assoupit.

Dans la pénombre de sa chambre, Thaïs s'assit en tailleur sur son lit. Aucun bruit ne lui parvenait de l'appartement. Sa famille dormait enfin.

Elle ouvrit le tiroir de sa commode et en sortit un morceau de verre tranchant. Si ni les films, ni les livres, ni les blagues lourdes de son père n'avaient d'effet, il était temps pour elle de passer aux choses sérieuses. Sans trembler, elle pressa l'éclat de verre contre son bras nu. Une goutte de sang perla sur sa peau brune. Thaïs serra les dents. Elle avait eu mal, et ça s'arrêtait là. Le vide dans sa poitrine était encore présent. Elle fronça les sourcils et cacha le bout de verre. Si se scarifier ne lui faisait rien, elle passerait à une autre étape. Elle avait besoin d'aller jusqu'à l'extrême. De frôler la mort pour mieux renaître. Elle se rallongea dans son lit, éteignit la veilleuse et tira le drap.

Simon se réveilla en sueur. Il suffoquait. « Mauviette ! Mais quand est-ce que tu vas grandir ? » Il tressaillit. Les ricanements de Baptiste et de sa bande bourdonnaient encore dans ses oreilles. Ce jour-là avait été comme les autres : affreux. Même ce mot n'était pas assez fort pour décrire ce qu'il vivait au quotidien. La panique lui enserrait la gorge. D'un gémissement, il se positionna sur le flanc. Il ne pouvait plus supporter la terreur qui lui collait à la peau. Le lycée était devenu son enfer. On lui tournait le dos. On regardait ailleurs, on essayait de ne pas voir. C'était plus facile. Simon serra les poings. Un visage surgit derrière ses paupières closes : des traits fins, une bouche pulpeuse et des pupilles noires étincelantes. Il ne rêvait que de lui parler mais il ne connaissait pas son nom. Il prenait le bus tous les matins avec elle, l'épiant du coin de l'œil. Jamais il ne lui avait adressé la parole, et jamais il n'oserait. L'angoisse reprit le dessus. Il essaya de la repousser, en vain. Tout ce qu'il voulait, c'était mettre fin à ce martyre. Il devait faire quelque chose. Une idée illumina son visage transpirant. Un sourire aux lèvres, il se décrispa. Il prenait la meilleure décision de sa vie.

Thaïs sortit du garage un vélo à la peinture écaillée. Elle regonfla les roues sur le parking ensoleillé. Elle était prête pour partir. Cela faisait un an qu'elle n'avait pas versé une larme. Un an qu'elle n'avait pas ri. Un an que sa mère était décédée et que ses émotions s'étaient coincées au fond de sa gorge.

Simon quitta l'appartement sans un bruit et dévala les escaliers. Enfonçant son casque sur les oreilles, il se dirigea vers l'arrêt de bus. Il se hissa dans le véhicule et s'assit contre la fenêtre.

À califourchon sur son vélo trop petit, Thaïs pédalait à toutes jambes. La côte normande n'était plus très loin. Des gouttes de sueur perlaient le long de son front et jusque dans ses cheveux crépus. Son tee-shirt premier prix lui collait à la peau. Le souffle court, elle continuait sa route sans dévier de son objectif.

Simon sauta du bus. Personne n'était encore debout à cette heure-ci. Il marcha vers le point de vue, aimanté par le bruit des vagues qui s'écrasaient sur les rochers.

Thaïs freina. Sur le ciel bleu pâle se détachait une silhouette. Elle gara son vélo contre un chêne et s'avança au bord de la falaise. Un garçon lui tournait le dos, monté sur la barrière de sécurité. Ses cheveux blonds voletaient dans la bise. Il écartait les bras, tel un ange. Thaïs se mordit la lèvre. Elle le reconnaissait : il prenait le même bus qu'elle pour aller au lycée. Elle ne lui avait jamais parlé, mais ce n'était pas l'envie qui lui avait manqué.

Simon surplombait la Manche qui s'étendait à perte de vue. Un sourire serein flottait sur son visage. Enfin, tout serait bientôt terminé. Sans regrets. Cette décision, il l'avait prise seul. Personne pour lui dire quoi faire, personne pour le menacer. Sa mort, contrairement à sa vie, lui appartiendrait. Il inspira une grande goulée d'air salé et…

Thaïs attrapa le poignet du garçon alors qu'il s'apprêtait à sauter.

Il sentit un contact brûlant sur le bras. Il se retourna. De grands yeux sombres le fixaient. Il frémit.

Elle ouvrit la bouche puis la referma. Aucun mot ne convenait. Son regard hurlait ce que ses lèvres ne pouvaient dire : *non*.

Il s'effondra à ses pieds. Des larmes jaillirent et inondèrent son visage clair. Son corps se tordait en convulsions. Il ne voulait plus se contrôler.

Elle s'accroupit à côté du garçon et effleura ses cheveux blonds. Une chanson lui vint à l'esprit, sa mère la lui fredonnait avant qu'elle ne les quitte. Elle lui chantonna la mélodie à l'oreille. Ses yeux s'embuèrent. Le nœud à sa gorge se desserra.

Il pleurait, bercé par une fille à qui il n'avait jamais parlé. Elle chantait à un garçon qu'elle n'avait fait que croiser. Pourtant, leurs cœurs battaient à l'unisson.

Omayra

PAR LESLIE LAVANDIER

1985, Armero, Colombie.

Je cours. Il fait chaud, mais l'ardeur du soleil ne me fait pas peur, elle me pousse. Je sens mes joues devenir rouge écarlate, ma jupe me gêne et se glisse entre mes jambes trop maigres, mes chaussures me freinent, leurs sangles bloquent la cambrure de mes pieds petits et maladroits. Je cours plus vite que Nino, plus vite que n'importe qui sur cette planète. Mes cheveux se couvrent de sueur, l'*abuela* va encore dire que je sens l'âne mais, cette fois-ci, j'ai prévu le coup en badigeonnant l'arrière de mes oreilles de miel. Je m'arrête au coin de la rue et ramasse quelques fleurs sur le bas-côté, des grandes, des petites, des jaunes et des bleues, j'y ajoute quelques tiges toutes vertes pour rendre le bouquet plus impressionnant, je resserre les tiges en les nouant de mon foulard. Ce n'est pas mon bouquet préféré, non, je culpabilise quelques secondes, puis admire mon œuvre et me convaincs que ce sera bien assez. C'est l'intention qui compte. Je serre le bouquet contre moi et reprends ma course effrénée. Le vent me fouette le visage, ma gorge est sèche, mes tempes moites, mais je suis invincible. Je traverse les champs autour du village, je vais être en retard mais je m'arrête cependant quelques secondes, comme pour vérifier que c'est bien moi qui cours et non le paysage qui avance. Je respire. C'est incroyable comme la nature n'est jamais moche. Elle prend son temps. La sève des grandes fleurs aide à faire pousser les plus petites, la terre se remplit de tout ce qui la nourrit, sans aide, sans rien voler à personne, les couleurs se mélangent, se combinent les unes aux autres et c'est joli. Sans autre ambition que celle d'exister. Elle grimpe, enlace, tombe, contourne, progresse, s'adapte aux saisons, supporte le soleil, la pluie, le vent, l'air, chaque parfum vient s'ajouter à un autre. Je ferme les yeux. J'expire. Je repars, je ne serai pas en retard, mais pas en avance non plus. J'espère que l'*abuela* aura fait ses *patacones*, sans quoi ce trajet n'aura plus aucun sens. Mon souffle a pris le rythme, il aspire le vent, mes cheveux se mélangent à l'air, la sueur qui coule de mes tempes refroidit mes épaules et mes seins, je ne m'arrêterai plus jamais.

J'entends au loin mon prénom dans un cri de joie. C'est Louisa et son vélo bleu. Elle me rattrape.

« Omayra !! Tu t'es prise pour une *panthera onca* ? Grouille-toi !! Je vais te doubler !! »

J'accélère, et je rigole à l'idée d'avoir perdu d'avance. Le sol me porte, mon pouls est un tambour, je fixe la maison de l'*abuela*, j'y arriverai avant. J'entends les roues de son bolide se rapprocher, menaçantes, régulières, Louisa est couchée sur son guidon, le regard brillant et la bouche pleine de dents.

« Omayra !! Cours !! »

Elle s'amuse d'aller plus vite, rigole de me voir cavaler, dégringoler cette route en terre battue qui a soutenu le poids de mes premiers pas. Elle s'arrête quelques mètres plus loin dans un dérapage contrôlé qui provoque une couronne de poussière. Elle se tient face à moi, ses cheveux volent autour d'elle, son sourire me donne envie de l'embrasser tendrement, de la porter jusqu'au ciel, Louisa est belle comme le soleil.

« Omayra, tes joues sont rouge écarlate, on dirait deux grosses tomates ! T'as vraiment cru que t'arriverais avant moi ? »

Elle est essoufflée mais rien ne l'empêche de rigoler, Louisa, jamais.

« Tu sens ? C'est l'odeur du café de Roberto ! Allez, tu montes ? On va être à la bourre ! Grimpe donc sur mon bolide, *muchacha*. Oh, et je voulais m'excuser pour la dernière fois, je sais que j'ai été nulle, je n'aurais jamais dû dire à Mme Caballero que c'était toi qui avais mis du piment sur le stylo d'Alejandro. Je me suis sentie piégée une fois dans son bureau, elle a même dit qu'elle convoquerait mon père, t'imagines l'angoisse ? M'en veux pas, *muchacha*, tu sais que je t'aime plus que les *patacones* de l'*abuela*, même si je trouve que ceux à côté de chez le coiffeur (mais si, tu sais, le petit stand du vieux pervers !), bah je trouve que là-bas aussi, ils sont super bons. C'est dommage qu'ils soient préparés par ce gros con, parce qu'ils dégagent une odeur qui à chaque fois me fait craquer… Il ajoute du fromage qui coule partout dessus… En parlant de ça, j'ai faim. Je t'emmène ou on fait la course, alors ? »

Elle n'attend aucune réponse.

« La première arrivée !? »

Je lui avais pardonné avant qu'elle ne commence à parler. C'est plus fort que moi, je pardonne. Ce n'est pas que je suis gentille, c'est que j'oublie. Parfois, quand ma colère est vraiment trop grande, j'écris, je couche sur le papier tout ce qui m'a chiffonnée. Je couche mes pensées, même les plus mauvaises, histoire de m'en souvenir le jour où la vengeance sera possible. Et puis lorsque ce jour me semble être arrivé, je me relis. Je comprends en général un mot sur deux, je redécouvre ma colère et je la trouve risible et inoffensive, non pas que je manque de courage, non, ça, l'*abuela*, elle dit que c'est moi qui l'ai inventé, le courage, non, je manque juste de crédibilité.

Je m'élance derrière elle, mon bouquet de fleurs serré contre moi, je vais la doubler, mes pieds s'emballent, mes jambes et mes bras se mélangent, mon cœur cogne dans mon torse, il frappe mes côtes, mes poumons vont imploser, chargés d'un souffle et d'une moiteur acide que je ne reconnais pas, mes yeux débordent d'eau, je ne distingue plus mes mains, l'odeur du café, le grognement de l'*abuela* et le goût des *patacones* me submergent et m'engloutissent. Les fleurs de mon précieux bouquet se délient les unes des autres, les pétales volent tout autour de moi, je ne lutte plus et secoue le bouquet comme un panier à salade. Je ne peux plus respirer, je n'ai plus de salive, mon crâne est lourd et ma tête rencontre soudain le sol ferme. Tout s'arrête, mes pieds, mes mollets, mes genoux, mes cuisses, mon bassin, mes bras, les champs, le vent. Et c'est le vide.

*

Le ciel. Gris, noir, brun, une fumée épaisse, et des millions de ce que j'imagine être les pétales du bouquet pour l'*abuela* volent tout autour de moi, c'est joli et silencieux. Terne et sombre. Plus rien ne dépasse du sol, tout semble terrassé. Je ne sais où je suis, plus rien ne m'est familier, un silence profond règne. Je suis seule. J'essaie de me mouvoir mais mon corps ne répond plus, il semble lui aussi être perdu. Je serre autant que je peux ce que je trouve en face de moi, un arbre, solide, et je compte : « Un, deux, trois. » Puis je donne de l'élan à mon buste qui semble être la seule partie de mon corps que je peux encore guider. J'entoure de mes bras le tronc allongé sur moi, dont je ne sens pourtant pas le poids, je me hisse, je veux apercevoir mes pieds. Il faut que je me lève, que je marche, que je rencontre quelqu'un. Il fait nuit, j'ouvre les yeux et je ne suis plus dans mon lit, je me cogne contre les murs, portée par ce qui ressemble à de l'eau, de la boue, je bouscule les murs et les objets de la maison, *ma* maison. Je suis dans ma maison, sans murs, sans toit, sans maman ni papa, sans Nino. « Nino !! » Je hurle. « Nino !? » Il y a des vagues tout autour de moi, et des arbres, des feuilles, un bureau, plus rien n'est dans l'ordre et pourtant, ce qui me terrifie le plus, c'est ma solitude. Mon cri se perd dans le silence, suis-je seule au monde ? Est-ce la fin ? « NINO ! » Mes larmes coulent et s'ajoutent aux vagues qui me font boire la tasse.

Je hurle le prénom de mon frère une nouvelle fois, mais c'est une voix de femme que je perçois, elle n'est pas dans l'eau, elle court et trébuche jusqu'à moi, je ne la reconnais pas mais elle semble, elle, me reconnaître.

« Omayra !! Omayra *niña*, c'est terrible, c'est le Nevado, il s'est réveillé, il a tout dévasté *niña*, il ne reste plus rien, rien ! La boue a rasé Armero, je ne vois plus nos maisons ! Omayra, ton papa… »

Elle s'effondre. L'effroi se lit sur son visage et je comprends alors que je ne suis pas seule. Cela faisait quelques jours qu'on en parlait sur la grand-place du Nevado, l'*abuela* était inquiète, elle disait qu'il grondait, que l'épaisse fumée qui sortait de son chapeau n'était pas de bon augure, elle disait que l'on devait partir, que nous ne ferions pas le poids s'il décidait d'éclater. Je me souviens alors que maman est à Bogotá, et que Nino… Je ne sais pas. Je me souviens aussi que tante Yineth était là. Quand la maison a basculé, c'est elle qui m'a attrapé les pieds, comme pour m'éviter de tomber, elle criait, je l'entends encore, j'espère que de l'autre main elle tenait avec la même force son bébé, elle semblait l'aimer plus que tout au monde. Je balaie du regard ce qu'il reste de nous, j'essaie de reconnaître un objet, un mur, une fenêtre, je me surprends à chercher un corps. Rien. La femme effondrée me promet de trouver quelqu'un pour venir me tirer d'ici, elle dit qu'il y a un hélicoptère qui tourne au-dessus de nous, qu'il faut faire de grands signes avec les bras, qu'il faut hurler. Je m'exécute, sans trop comprendre ce qu'il se passe, le temps est long, chaque geste est un effort de plus, mais je suis courageuse, c'est ce que dit l'*abuela*.

« SOCORRO !!! »

Je ne crie pas, je hurle. Je hurle pour que quelqu'un m'entende, l'*abuela*, papa, Nino, tante Yineth, je hurle pour que l'on me trouve et pour qu'on puisse les trouver, eux. Les pleurs de la femme effondrée sont plus forts que mes cris, je ne distingue plus rien autour, c'est le chaos.

J'ai froid. Cela faisait longtemps que je n'avais pas eu froid. J'ai faim, mais j'ai toujours faim. L'hélicoptère nous a entendues, nous avons compris qu'une équipe allait arriver, qu'il fallait que je tienne le coup, on aurait dit que même l'hélicoptère pleurait. Il n'y a presque plus de pétales dans le ciel, qui est toujours aussi gris et sombre.

On le disait bien, sur la grand-place, qu'il fallait que l'on parte, on le savait, mais M. Manizales (le « *coño* », comme dit papa) nous a promis que la situation était sous contrôle, que nous pourrions être évacués si le Nevado éclatait. Qu'il suffisait de deux petites heures pour abandonner notre petite ville, *coño*.

Une voix, deux voix se font entendre. La femme effondrée s'étouffe dans ses pleurs et son chagrin, tandis que je résiste. Les voix qui semblent s'être multipliées se rapprochent. Ils doivent être une dizaine, ils ont des sacs plus gros qu'eux et sont couverts de boue, de désespoir et de colère. Une dame se baisse pour s'occuper de la femme effondrée et la couvre d'un papier en or, elle la frotte comme l'*abuela* avec ses agneaux quand ils viennent de naître, avec énergie et volonté. Un homme s'approche de moi, me demande mon prénom, il est confiant, je le vois, soulagé de constater que mes yeux sont ouverts et mon sourire affamé. Il me tend à boire et un petit pain au lait. Rien à voir avec un *patacón* tout chaud, mais je m'en contenterai. Mes mains sont lourdes et toutes fripées. Je peine à tenir le petit pain alors l'homme me propose de l'aide. C'est un peu gênant mais mon ventre me crie de ne pas refuser.

« Maman est à Bogotá. Elle est partie hier chercher son diplôme d'infirmière. Elle va venir, *señor* ? »

Les yeux de l'homme aux cheveux blonds comme les blés semblent se gorger d'eau. Il fait sombre, froid, je suis sûre désormais qu'aucun pétale ne vole plus nulle part.

Ça fait du bruit, un hélicoptère ! Alors trois, c'est un boucan pas possible ! Elle aurait râlé, l'*abuela*, ça, c'est sûr !

Ils s'affairent autour de moi, ils me promettent qu'ils vont me sortir de là, que le grand tuyau qu'ils peinent à faire parvenir jusqu'à moi va aspirer l'eau de la ville, qu'il n'y aura plus de vague et que je vais revoir mes pieds petits et maladroits. C'est maman qui dit ça. Elle dit que la première fois que j'ai marché, c'était pour suivre l'odeur du chocolat, mais que mes deux petits pieds maladroits n'arrivaient pas à relayer mon entrain, et que je suis tombée la tête la première dans la terre. En même temps, si tante Yineth arrêtait de me coudre des robes aussi longues… Ça la fait rigoler, maman. Depuis, les veilles de mes anniversaires, elle cache toujours un bout de chocolat sous mon oreiller qu'elle emballe dans une toute petite chaussette. Ça ne me surprend pas du tout qu'elle l'ait eu, son diplôme d'infirmière, maman, elle soigne bien.

Si seulement elle était là.

Ils disent que ça va aller alors je les crois et j'attends, tandis que la nuit tombe. Ils sont nombreux autour de moi, s'agitent dans tous les sens. L'un d'eux me propose de poser ma tête dans sa main pour profiter de quelques minutes de repos et, qui sait, peut-être même de sommeil. Je ne suis pas sûre de vouloir dormir, si maman arrive, je veux pouvoir l'embrasser. Aussi je demande aux gens autour de moi si je dois dormir ou respirer, et on me redonne un petit pain au lait. Je le mange puis me laisse porter.

Quand je rouvre les yeux, maman n'est toujours pas là, nous sommes tous plongés dans la nuit, sous les étoiles. Je referme les yeux. Même la femme effondrée s'est tue.

Puis la lumière revient. J'ouvre péniblement les yeux, ça doit être maman, il est l'heure, je vais être en retard à l'école, mon corps fait mine de se lever mais ma couette est si lourde que je n'arrive pas à sortir de mon lit. Je sens l'odeur du café. Plus tard, je veux être architecte, et l'*abuela* dit qu'il faut se lever tôt pour apprendre à construire des maisons, alors je rassemble mes forces et tente une nouvelle fois de me lever.

« Maman, aide-moi, je suis coincée ! »

Je pleure et une femme qui ne ressemble pas à ma mère me prend dans ses bras : « On va te sortir de là, Omayra, tu vas marcher. »

Je peine à trouver de l'air. Le chagrin m'emporte et plus rien n'y fera, ni ses bras ni même le chocolat. Papa n'est plus là. Je le sais. Sinon, il serait déjà venu. Il me manque affreusement. J'aurais presque envie de l'entendre crier. Comme le jour où, avec Nino, on a cassé le pot de confiture tout neuf dans la cuisine. Papa s'est mis en colère si fort que toute la maison a tremblé, d'ailleurs si ça se trouve, c'est même lui qui l'a réveillé, le Nevado. Nous, ça nous avait bien fait rigoler, la confiture, avec Nino. On a fait le chemin sur son vélo jusqu'à l'école, les doigts pleins d'abricot, moi sur le porte-bagages qui fait mal aux fesses. Il est fort, Nino. Impossible qu'il soit mort. Cette pensée fait des ricochets dans ma tête, j'ai envie de vomir. Les humains autour de moi ne se sont pas arrêtés, ils portent tous un tee-shirt blanc avec une croix rouge. D'autres personnes aussi sont arrivées, avec des appareils photo et des caméras sur leurs épaules. Ils me regardent avec leurs yeux et leurs objectifs ronds et globuleux. J'entends qu'un homme ne parle pas ma langue. Il est tout proche et semble vouloir me prendre dans ses bras pour me sortir de là, lui presque plus que les autres. Il pleure sans aucune pudeur et me baragouine un truc en « anglespagnol ». Je lui réponds alors la seule phrase que j'ai retenue de mes cours avec Mme Caballero : « *Good morning.* » Puis je souris et je dois dire que je ne suis pas peu fière. Il a l'air surpris. Petit pain au lait et de l'eau plus claire que celle qui m'entoure. On m'explique alors que le tuyau-sauveur, le truc qui doit aspirer les vagues ne peut pas arriver tout de suite, mais qu'il va arriver ; qu'ils font tout ce qui est en leur pouvoir pour me sortir de là. Je veux bien les croire, mais le temps est bien long.

Un homme parmi eux retient mon attention plus que les autres. Ses boucles brunes ressemblent aux miennes, et ça nous fait déjà un point commun. Son regard est doux, calme, il me regarde avec tendresse. Ses yeux me disent que je peux y arriver. C'est quand j'ai commencé à prier qu'il m'a demandé si j'aimais lire. Je lui ai répondu que c'était ce que je préférais après le chocolat. On a discuté tous les deux un long moment, il notait tout précieusement sur un petit cahier, comme moi avec ma colère. Il s'appelle Jairo.

La journée est longue, le soleil ne vient pas, la lune si. Une deuxième nuit se passe. Ils sont, une fois de plus, tout près de moi, trempés, les bras tendus autour de ce qu'il me reste de corps. Ils veulent tour à tour me border, me cajoler, me soutenir, me soulever… Ils ne tiendront pas le coup s'ils ne se reposent pas. Je leur suggère de me laisser un peu seule et de revenir lorsqu'ils auront retrouvé quelques forces. Jairo me serre alors contre lui et j'entends dans son torse sa voix chanter :

« Los pollitos dicen pío, pío, pío
cuando tienen hambre
cuando tienen frío.
La gallina busca el maíz y el trigo
les da la comida y les presta abrigo.
Bajo de sus alas, acurrucaditos
*¡duermen los pollitos hasta el otro día**! »*

Cette chanson ne m'a jamais semblé aussi jolie qu'aujourd'hui. Alors j'ai chanté avec lui. Je crois même que je ne me suis pas trop mal débrouillée.

Je suis agitée. La position de mon corps m'est de plus en plus inconfortable, je n'ai presque plus de force dans mes mains et le contact avec l'eau me devient insupportable. Je ne comprends pas ce que l'on attend de moi. Mes yeux voient flou, mes doigts sont gorgés d'eau, ma bouche a le goût de la boue, je sens que mon courage s'est enfui avec le soleil.

Jairo me réveille :

« Omayra, Nino est vivant. »

Merci. Merci Jairo. Je flotte. Je me sens pousser des ailes, je pourrais porter le monde, je pleure,

---

* « Les petits poussins disent/Piou, piou, piou/Quand ils ont faim/Quand ils ont froid./La poule cherche/le maïs et le blé./Elle leur donne l'abri/et le manger./Sous ses ailes,/bien pelotonnés,/Dorment les petits poussins/Jusqu'au lendemain ! »

je ris, je serre la main de Jairo si fort que je le vois pleurer à son tour. Ça veut dire que si je pars, c'est moins grave. Il sera là pour maman, je me sens soulagée du poids de ma maison tout entière. Je les aime plus fort que le Nevado, eux, tante Yneth et son bébé qui crie, l'*abuela*, papa, maman, Louisa… même Mme Caballero. Un sincère sentiment de tendresse me gagne pour ces mains pleines de petits pains, pour ces corps qui tentent désespérément de me sortir de là depuis bien trop longtemps déjà.

« Jairo, je veux parler à maman. »

L'un des gros yeux globuleux posé sur l'épaule du monsieur blond se braque sur moi :

« Maman, ils font tout pour me sortir de là, ils me promettent que je vais remarcher. Mais… si jamais. Je t'aime, je suis fière de toi, tu es merveilleuse, tu es la plus merveilleuse de toutes, ne doute jamais de cela, comme tu as tout fait pour que jamais je ne doute de moi. Je suis sûre que papa pense à toi. Nino, prends soin d'elle comme si tu avais pu être là pour prendre soin de moi ici, dans notre maison. Promets-moi, Nino. »

Les larmes qui roulent sur toutes les joues autour de moi ne me détournent pas de mon objectif. L'*abuela* avait raison, je suis extrêmement courageuse. Je ne pleure pas, j'ai déjà beaucoup trop d'eau autour de moi.

Et puis je ne trouve plus rien à dire. Alors je me tais et je souris. J'ai fait ce que j'avais à faire, Nino, à toi de prendre le relais. Je peux dormir à présent. Le rituel reprend, la lumière qui s'enfuit, la lune qui débarque entourée d'étoiles, les mains qui se lient dans mon dos, ma tête qui s'appuie contre chacune des paumes, les doigts qui se promènent tendrement dans mes cheveux, ceux de la femme qui s'occupent des petits pains qui me tripatouille les oreilles, ses ongles que j'entends se cogner contre mes boucles d'oreilles offertes par l'*abuela*… J'espère que Louisa est en vie.

Troisième jour, je crois. Une éternité, j'en suis sûre.

La douleur me submerge mais je la laisse faire, désormais. Je ne pose plus de questions, puisque je sais que je n'aurai pas de réponses. Je n'en veux plus, elles seraient forcément douloureuses, bien plus que le poids que je porte sur mon corps depuis trop longtemps, bien plus impérieuse que la boue qui s'engouffre dans ma bouche, plus envahissante que l'eau qui embrasse ma chair devenue vieille et moite. Comme les mains de l'*abuela*. Je ne lutte plus, je m'observe de loin, avec sérénité. Je suis courageuse, j'ai fait tout ce que je pouvais faire. La colère qui m'a habitée s'est dissipée en même temps que ma capacité à me mouvoir.

J'oublie. Je suis ensevelie et je me sens étonnamment libre. Le temps, le jour, la nuit, plus rien n'a de sens. Je lutte un peu encore, tout se bouscule, m'inonde, m'accapare, mille idées tentent de prendre forme dans ma tête, chaque pensée se mélange à la précédente, comme un cadavre exquis de Mme Caballero. D'abord un bouquet de fleurs emmêlées, puis le goût des *patacones*, l'odeur du café, Louisa et son vélo bleu, maman qui m'aime, la colère de papa avec son pot de confiture et Nino qui rigole. Une confiture pleine de fleurs à tartiner sur des *patacones* tout chauds, Louisa qui m'aime, maman qui rigole, papa sur son vélo, Nino emmêlé dans des abricots. Un cadavre. Mon corps est vaporeux, indolent, je ne suis plus à l'intérieur, je flotte. Seuls mes yeux continuent à essayer de faire le point. Je les laisse balayer tantôt l'eau, tantôt leurs visages pleins de désarroi. Leurs yeux me regardent comme s'ils me connaissaient depuis toujours, comme si ma fin dépendait d'eux, de chacun d'eux. C'est sans doute un peu vrai. Jairo et sa tendresse, la femme au petit pain, le blond anglespagnol, les croix rouges sur les tee-shirts blancs. Chacune de mes pensées est courte, brève, simple et évidente. Où suis-je ? Maman ? J'aurais aimé qu'elle soit là, avec moi, Je n'ai plus faim, plus soif, plus envie de vomir non plus. Je sais que papa est mort, je sais que tante Yineth, son bébé et l'*abuela* aussi, c'est à mon tour désormais. L'eau me traverse sans que je ne sente plus rien, ni le froid ni la peur d'avoir encore plus froid. J'ouvre de nouveau les yeux et cela provoque beaucoup de joie autour de moi. Comme quand je mange les *patacones* de…

« ARMERO, Colombia, Nov. 16 – Omayra Sanchez, a 13-year-old girl whom rescue workers had been trying for 60 hours to dislodge from a neck-deep pool of cold, muddy water, died of exposure this morning », The New York Times*, 17 novembre 1985.

Omayra Sanchez, treize ans,
victime de l'éruption du volcan Nevado del Ruiz,
Armero, Colombie, novembre 1985.
La photo d'Omayra est publiée le 29 novembre 1985
en une de *Paris Match*, qui titre :
« Adieu Omayra, celle qu'on n'oubliera jamais. »

---

* « Armero, Colombie, le 16 novembre – Omayra Sánchez, une jeune fille de treize ans que les secouristes tentaient depuis soixante heures de déloger d'une mare d'eau glacée et boueuse qui l'emprisonnait jusqu'au cou, est morte de froid ce matin. »

Au fil des émotions

PAR MÉLISSA DA COSTA

Annabelle relève brièvement les yeux du magazine dans lequel elle est plongée pour consulter la pendule. Dix minutes de retard. Bon. Ça arrive parfois. À côté d'elle, ses deux collègues patientent sans manifester d'agacement non plus. Cela fait bien longtemps que ce mot a disparu du vocabulaire. S'ils en venaient à le rencontrer dans un écrit de l'époque, ils ne sauraient comment l'interpréter. Une forme de colère ? Il leur semble que la colère est une manifestation assez violente qui pouvait pousser au crime, à l'époque où on ne l'avait pas encore éradiquée. L'agacement était probablement un degré inférieur de la colère. Quelque chose d'anodin et inutile.

Annabelle replonge son regard dans le magazine en papier glacé. Un exemplaire vintage, soigneusement conservé, qui date de quatre-vingts ans. Peut-être qu'entre ces lignes noires, elle trouverait des mots oubliés tels que « agacement », « colère », « impatience » ou « euphorie » – c'est son mot préféré, elle l'a appris par cœur sans vraiment être capable de le comprendre – ou encore « jalousie ». « Jalousie » est celui qui la fascine le plus. Il est d'une telle ambiguïté, d'une telle complexité. « Sentiment fondé sur le désir de posséder la personne aimée et sur la crainte de la perdre au profit d'un rival. »

Elle bute sur « désir », ne sait à quoi il se réfère. Sur « crainte » également. Et puis c'est un sentiment qui a poussé à tant d'excès par le passé si l'on en croit les récits : crimes passionnels, vengeances, drames familiaux. Il vaut mieux l'avoir oublié. Tout est pour le mieux ainsi, lui répète sa mère depuis sa naissance. Annabelle n'a jamais remis en question ses paroles. Il n'y a qu'à voir les visages sur le vieux magazine qu'elle a entre les mains. Dieu que les gens étaient laids à l'époque ! Leurs traits étaient marqués de petits plis qu'on appelait « rides d'expression ». Des plis au coin des yeux pour les plus soucieux. Des plis autour de la bouche pour les trop souriants. Un front en accordéon pour les stressés et les concentrés. Et leurs iris… Annabelle ne peut se détacher de ce curieux phénomène : selon les photographies, les pupilles d'une même personne sont différentes, elles reflètent plus ou moins la lumière, semblent tantôt pétiller, tantôt se glacer. Curieux phénomène. Actuellement, un iris est un iris, toujours fidèle à lui-même. On pourrait prendre mille clichés d'Annabelle tout au long de sa vie qu'on ne verrait aucune différence. C'est ce qui rassure Annabelle et tant d'autres : cette stabilité, cette absence de turbulences. C'est vers cela que tendait ce modèle de nouvelle société : cesser d'être dicté par ses instincts les plus primaires.

Elle relève la tête en entendant des bruits de pas. À côté, ses deux collègues qui fixaient le mur avec impassibilité, croisent son regard.

« C'est bon. On vient nous chercher. La réunion va pouvoir démarrer. »

Myrthe replace une mèche brune derrière son oreille. Pablo remonte son attaché-case sur ses genoux. Annabelle repose le magazine sur la table, laissant s'éloigner ces hommes et ces femmes d'un autre temps.

La porte s'ouvre sur M. Hanno, le doyen du conseil scientifique. Quatre-vingts ans cette année. Le visage aussi lisse qu'un lac d'hiver avec cette texture figée qu'ont adoptée les visages au cours des soixante-dix dernières années. De cire. Tranquilles. Rassurants. Rien n'y frémit. La morphologie des visages en paix, débarrassés de toute *anomalie*. M. Hanno tend une paume vigoureuse vers ses trois collaborateurs.

« Bonjour. Bien. Allons-y. »

Ils lui emboîtent le pas dans le couloir sans plus de cérémonie. Il paraît qu'il fut un temps où on s'encombrait de formalités d'usage du type : « Vous allez bien ? », « Le trajet s'est bien passé ? », « Vous n'avez pas eu trop de bouchons ? », « Je ne vous ai pas trop fait attendre ? » Mais c'était à l'époque où les « anomalies » n'avaient pas été supprimées et parasitaient tout le quotidien, même les actes les plus anodins. Quelle perte d'énergie tout de même… Pas étonnant que l'espérance de vie ne dépassait pas les soixante-dix-neuf ans.

Ils sont vingt autour de la table. Tous d'éminents membres du conseil scientifique. Neurologues. Biochimistes. Professeurs-chercheurs. Psychiatres. Parmi eux, Annabelle, Pablo et Myrthe : modestes « recueilleurs » qui ne mesurent pas leur chance d'intégrer ce cercle fermé. Bien sûr, ils ne comprennent pas toujours l'enjeu des réunions ni les divers travaux menés par le conseil mais ils sont conviés et écoutés attentivement. Ils sont les professionnels de terrain, ceux qui connaissent le mieux leurs semblables, puisque c'est bien à cela que s'intéresse le conseil scientifique : leur semblable et le moindre frémissement dans cette société en paix.

« Bien, on ne va pas traîner, l'ordre du jour est assez urgent. »

Le doyen appuie sur un petit bouton qui actionne un rétroprojecteur. Sur le mur blanc s'affiche un graphique dont la courbe est en hausse plus qu'exponentielle.

« Le seuil d'alerte a été atteint et a déclenché l'organisation de la réunion de ce jour.

— De quoi s'agit-il ? demande quelqu'un en plissant les yeux pour décrypter la légende.

— C'est bien ce que je pense ? » s'étonne une femme à la coiffure figée par la laque.

Un murmure parcourt l'assemblée que le doyen fait taire d'un geste de la main.

« Le taux de suicide repart à la hausse dans tous les districts étudiés. »

— C'est un non-sens ! »

L'agitation reprend. Le doyen laisse quelques secondes à chacun pour exprimer son incompréhension. Leur cerveau exclusivement rationnel ne peut digérer l'information.

« Vous êtes sûr qu'il n'y a pas d'erreur dans les chiffres ?

— Absolument. Ils nous viennent tout droit des recueilleurs de chaque district. »

L'ensemble de la tablée se tourne vers Annabelle, Myrthe et Pablo qui confirment d'un hochement de tête, vaguement mal à l'aise d'être le centre de l'attention.

Diapositive suivante. Un graphique plus grand, offrant une vue d'ensemble des cent dernières années. Une dizaine de courbes de toutes les couleurs se croisent.

« Depuis la mise au point de l'implant et sa généralisation dans la population, au début des années 2020, le taux de suicide, représenté en violet, a d'abord diminué drastiquement, comme le reste des indicateurs. Comme vous pouvez le voir : de 2020 à 2064, le taux a chuté jusqu'à atteindre un seuil record. Le néant. Une société en paix totale où la mort résultait des seules maladies ou accidents. Depuis 2064, force est de constater que quelque chose frémit de nouveau. L'ensemble des autres indicateurs reste stable : délinquance, délits, crimes, violences en tout genre : tous sont maintenus sous un seuil minimum qui englobe la marge d'erreur de l'implant. En revanche, le taux de suicide est en hausse. »

Tous les regards se fixent sur le point représentant l'année 2064. L'ensemble des courbes se situe en effet sous une ligne d'horizon extrêmement basse, sauf la violette, qui connaît un sursaut et remonte les années suivantes.

« Dans un premier temps, nous avons pensé à un dysfonctionnement technique. Nous avons renouvelé les implants les plus vieux, procédé à des mises à jour, avancé l'âge d'installation du dispositif. Au lieu d'attendre les trois ans de l'enfant, nous avons opéré les nouveau-nés directement en salle de naissance. Nous avons continué de surveiller attentivement cette progression mais elle s'est accentuée ces trois dernières années, au point de devenir incontrôlable. Nous avons aujourd'hui 1 000 suicides pour 10 000 habitants soit un habitant sur dix qui se donne la mort ! Et les états dépressifs repartent à la hausse eux aussi. »

De nombreuses questions s'élèvent autour de la table :

« A-t-on vérifié que les ondes électromagnétiques de la 15 G ne perturbent pas l'implant ?

— Tout à fait. Rien de ce côté-là. Et puisque les autres indicateurs sont tous stables, nous avons toutes les raisons de penser que l'implant n'est pas le problème.

— Alors quoi ? D'où vient cet état dépressif ? Ces suicides en chaîne ?

— C'est là où mes compétences s'arrêtent, admet M. Hanno en baissant humblement la tête. Il semblerait que nos semblables ne s'en prennent qu'à eux-mêmes. Ils se donnent la mort dans le plus grand calme, sans raison apparente. C'est pourquoi j'ai demandé aux recueilleurs des trois districts d'être présents ce jour pour nous éclairer. »

Le comité se tourne vers Annabelle, Pablo et Myrthe. Pablo semble confus, tassé sur lui-même.

« À vrai dire, je ne me l'explique pas vraiment. Pas plus tard qu'hier, j'étais en plein dans ma tournée de visites quand je suis tombé sur un adolescent de seize ans qui se balançait dangereusement sur le toit de son immeuble. Il semblait jouer avec le vent, comme s'il remettait son sort entre les mains d'une bourrasque un peu plus violente que les autres. J'ai fait intervenir la brigade pour l'encercler, l'escorter jusqu'en bas du bâtiment. Puis on m'a laissé l'interroger avant l'administration du brouilleur de pensées. Vous savez, on est des genres de médiateurs. Les gens nous font confiance plus qu'à quiconque.

— Poursuivez, s'impatiente M. Hanno qui n'ignore rien de la procédure.

— "Qu'est-ce qui t'a pris, enfin ?" lui ai-je demandé. "Pourquoi ?" Il n'avait pas l'air perturbé ou agité. Il était là, tranquille, la pupille figée. Savez-vous ce qu'il m'a répondu ? »

L'assistance attend, suspendue à ses lèvres.

« "Et pourquoi pas ?" »

Un nouveau murmure parcourt la salle. Des questions chuchotées, des remarques, quelques hypothèses lancées çà et là.

« Et vous autres ? interroge M. Hanno en se tournant vers Annabelle et Myrthe. Qu'avez-vous recueilli sur le terrain ? »

Myrthe se racle la gorge.

« Guère mieux, confesse-t-elle. La maire de mon district elle-même s'est donné la mort la semaine dernière. Elle a laissé une note qui laisse le mystère entier.

— Que dit la note ?

— De réchauffer la soupe pour le dîner et de refermer la fenêtre de la cave pour éviter que le vin ne se gâte. »

Myrthe hausse les épaules pour marquer son incompréhension.

« Ses proches ne comprennent pas. Je n'ai malheureusement rien à vous révéler de plus. »

Les têtes se tournent maintenant toutes une par une vers Annabelle, espérant glaner enfin quelque chose d'intéressant.

« Les états dépressifs se multiplient de jour en jour dans mon district également. Une dépression apathique, silencieuse. Des suicides indifférents. Cette étrange pandémie semble accompagnée d'autres phénomènes qu'on a pu connaître par le passé mais qui avaient été totalement éradiqués.

— Lesquels ? s'enquiert le doyen.

— Une forme de… corrigez-moi si j'écorche le mot… de… d'anorexie.

— Une quoi ? »

Nombre d'entre eux n'ont jamais entendu ce mot barbare.

« Une cessation progressive de l'alimentation, explique M. Hanno.

— Les gens se laissent mourir de faim ? lance quelqu'un, incrédule.

— C'est ça, confirme Annabelle. Sans vraiment y penser, ils oublient de se nourrir et s'affaiblissent, perdent leur énergie.

— Quel intérêt ?

— Autrefois, intervient M. Hanno, nos semblables se laissaient dominer par leurs *anomalies*. Ils pouvaient cesser de se nourrir par tristesse, par anxiété, par colère. »

On grimace dans la salle. Ces mots ont été proscrits au fil du temps. Ils sont tabous. On les tolère car ils viennent de M. Hanno et qu'il a connu cette époque, brièvement. Il a gagné le droit d'en parler. Mais personne d'autre ne pourrait se le permettre sans subir une remontrance sévère. Une voix domine soudain l'assemblée. Un vieux professeur moustachu qui s'exprime avec virulence :

« Dépression, suicide, apo-ano-axoxerie ! On dirait bien que l'implant dysfonctionne après tout ! »

Ses propos sont suivis par une vague d'approbation.

« Cela commence à faire beaucoup, monsieur Hanno ! Notre confrère a raison !

— Écoutez chers collègues, l'implant a été installé pour débarrasser l'homme de ses anomalies. Jusque-là, il fonctionne. Les phénomènes observés ne s'accompagnent *d'aucune anomalie.*

— Qu'ils nous disent ! »

Les regards accusateurs se fixent maintenant sur les recueilleurs qui semblent pressés de quitter la séance.

« Je suggère une mesure de prudence ! déclare la dame aux cheveux laqués. Pourquoi ne pas installer un second implant à toute la population ? Il fonctionnerait comme un générateur de secours, prenant le pas sur le premier s'il en vient à faiblir. Il en va de la santé mentale de nos concitoyens !

— Bonne idée ! approuve quelqu'un. Enfin quelque chose de concret !

— L'implant n'est pas mis en cause », tente de se faire entendre le doyen.

Mais personne ne l'écoute vraiment. On dessine déjà des plans sur cinq ans : rappeler la population par âge décroissant, installer un second implant, assorti de quinze jours de coma artificiel pour remettre le cerveau à zéro. Si avec ça, nos semblables continuent de perdre la raison…

Le doyen, las, se penche au-dessus de la table. Il rive son regard à celui des trois recueilleurs comme s'il voulait s'excuser auprès d'eux. Et Annabelle, jetant un coup d'œil au prénom noté dans son calepin quelques jours plus tôt, prend une décision : elle ira parler à M. Hanno.

Ce n'est pas qu'elle donne un quelconque crédit aux paroles de cette vieille folle ou qu'au contraire elle les rejette en bloc. Elle n'a pas vraiment d'avis là-dessus… C'est par timidité qu'elle n'a rien dit plus tôt : elle n'a pas osé répéter ces paroles sans queue ni tête devant les éminents scientifiques du conseil.

La séance est terminée. Les scientifiques sortent par vagues bruyantes. Ils se congratulent d'avoir trouvé si rapidement une solution à cette crise. Annabelle traîne, met une éternité à remettre son manteau. Lorsqu'il ne reste plus qu'elle et le doyen, elle s'approche du vieil homme. Il a les épaules basses, toujours assis au centre de la table.

« Monsieur Hanno ? Il y a autre chose dont j'aurais dû vous parler plus tôt.

— Ah ? »

Il a l'air bien loin, égaré dans ses pensées.

« J'aurais dû vous rapporter une déclaration étrange… Celle d'une vieille dame de mon district. Elle fête ses cent un ans cette année. Elle a déclaré que les gens avaient perdu le "goût de vivre".

— Le goût ? C'est ce qu'elle a dit ?

— Elle a ajouté : “Vous leur avez ôté le sel de la vie.”

— Voilà qui est curieux. »

Annabelle se sent idiote tout à coup de rapporter de tels propos qui ne font aucun sens. Elle se croit obligée d'ajouter :

« Elle est probablement folle, vous savez. Elle a un drôle de regard. On dirait qu'il est fait de métal.

— De métal ?

— D'or. Il brille. »

Elle se reprend à temps avant d'ajouter « comme ceux des mannequins dans les vieux magazines ». Elle n'est pas certaine qu'elle était en droit de consulter le vieux magazine d'époque de la salle d'attente.

« Cent un ans, marmonne le doyen. Elle a des souvenirs de l'époque passée, n'est-ce pas ?

— Je crois », répond Annabelle en fuyant son regard.

Elle n'est jamais à l'aise quand il s'agit d'évoquer l'époque passée. Tant de noirceur : viols, enlèvements, passages à tabac, infanticides, féminicides, meurtres. Elle ne connaît pas la définition de chaque mot mais elle a vu des illustrations un jour dans un livre d'histoire. Elle en frissonne.

« Faites-la venir.

— Pardon ?

— Faites-la venir et nous l'interrogerons. »

Et dans les yeux du doyen, Annabelle croit lire un éclat métallique, le même qu'elle a repéré dans ceux de la vieille dame centenaire. Il avait dix ans quand on lui a installé le dispositif cérébral annihilant les émotions. A-t-il des souvenirs ? Quelque chose au-delà de la noirceur qu'il cherche à raviver ?

Annabelle laisse les questions dans un coin de sa tête. La curiosité n'anime plus grand monde dans cette nouvelle ère. Dès lors que le ventre ne chatouille plus, que le cœur ne se met plus à battre fort, que la joie de la découverte ne se manifeste plus, la curiosité n'a plus de raison d'être.

Dans son bureau, le doyen fait les cent pas. Il sent son esprit anormalement agité. Loin de lui l'idée de remettre en cause l'intérêt de l'implant. Il en a été un fervent défenseur depuis son internat à l'université de médecine. Les chiffres ne mentent pas. Le mal s'est éloigné : délits, crimes, divorces, violence, dépressions, fanatisme, suicides. Tous ces phénomènes ont chuté jusqu'à l'année blanche : l'année 2064. On s'est pris à espérer que le mal avait disparu, que chacun vivrait jusqu'à cent dix, cent vingt, cent trente ans, le corps vierge de tout tracas, de tout drame, car il est apparu que bon nombre de maladies connues jusqu'alors étaient psychosomatiques. Mais désormais : que penser de cette folie dépressive suicidaire qui repart à la hausse ? Sans remettre en cause l'utilité sociétale de l'implant, il s'interroge : en éradiquant toute émotion, a-t-on balayé trop large ? Il ne se souvient plus très bien, il était enfant, mais il croit se rappeler que certaines de ces anomalies étaient agréables. Il ne l'aurait jamais avoué même sous la torture. Pourtant il a le souvenir cuisant de papillons dans le ventre, de feux d'artifice dans la poitrine, de fourmis dans les jambes, d'un feu follet qui prenait possession de tout son corps et le faisait se sentir léger, presque aérien. *Tu deviens fou, mon vieux !* Non, la folie n'existe plus, se raisonne-t-il. Ils l'ont éradiquée aussi. *Quelle belle invention que la science, tout de même*, pense-t-il en revenant à son bureau. Sur l'écran de son ordinateur, il découvre l'arrivée d'un nouveau courriel. Reçu à l'instant.

Elle sera là demain. 10 heures.

Annabelle, recueilleuse du district Nord-Ouest.

La vieille dame se présente à l'heure dite le lendemain. Elle a de longs cheveux blancs et des yeux dorés. De l'or en fusion. Un prénom oublié depuis des siècles : Lucielle. Elle n'est pas intimidée par le doyen ou le somptueux bâtiment dans lequel ils se trouvent. Elle attaque de but en blanc :

« Vous vouliez que je vous parle du goût perdu, c'est ça ? »

Puis devant son hésitation :

« Vous l'avez connu vous aussi, je me trompe ? »

M. Hanno attend d'avoir refermé la porte de son bureau pour s'exprimer en choisissant précieusement ses mots :

« Vous pensez que nous avons ôté aux gens le sel de la vie. C'est ce que vous avez confié à notre recueilleuse.

— Tout à fait.

— J'ai peur de ne pas comprendre. Pourquoi les gens auraient-ils besoin de leurs… »

Il baisse la voix : « Émotions ? »

Ils sont entre eux, pas besoin de s'embarrasser du terme « anomalie ».

« Nous avons éradiqué la souffrance, les maux psychiques, tous les désagréments qui entravaient leur existence.

— Le sel de la vie, c'est une expression de Robert Baden Powell », répond simplement la vieille dame en se laissant tomber sur un fauteuil.

Le doyen se gratte discrètement le menton. Jamais entendu parler de ce type. Est-ce un auteur ancien ? Il faut dire que la littérature a disparu des programmes scolaires depuis soixante-dix ans et elle n'intéresse plus grand monde. On lit utile dans une société en paix : des guides pratiques, des modes d'emploi, les prévisions météorologiques, des manuels d'histoire éventuellement. On lit pour apprendre, s'améliorer dans un domaine, éviter les erreurs passées, pour rien d'autre. Depuis que les anomalies ont disparu, la littérature n'a plus de raison d'être.

« Robert Baden Powell était un militaire britannique, fondateur du scoutisme. Oh, il avait ses idées bien à lui, pas toujours très mesurées. Mais il disait : “Le sel est âcre quand on le goûte à part ; mais c'est le parfait assaisonnement qui donne aux mets toute leur saveur. Ainsi les difficultés sont-elles le sel de la vie.” »

M. Hanno continue de gratter la peau sous son menton, de plus en plus confus.

« Où voulez-vous en venir ?

— Ces émotions que vous avez voulu éradiquer, j'en conviens, étaient dures à avaler pour certaines. Oui, je me souviens, la tristesse était comme du gros sel qu'on mâchait avec difficulté, les larmes plein les yeux. La colère un véritable piment de Cayenne qui nous faisait monter le rouge aux joues. Le souffle court, la peau brûlante, il fallait qu'on s'agite et vite. La frustration… était comme un fruit très acide, un citron pur disons, qui nous brûlait la gorge. Le goût restait un certain temps. Acerbe. La trahison… La trahison était amère comme un grain de café en travers de la gorge. L'envie ou la jalousie étaient comme ce vilain morceau de poivre sur lequel on tombe par surprise au milieu d'une bouchée. Oui, parfois, les émotions nous faisaient grimacer mais il y avait alors les desserts…

— Les desserts ?

— Le croquant caramélisé de la joie, l'onctueuse chantilly de la félicité… oh, et les bulles pétillantes de l'euphorie ! Vos yeux s'allument, monsieur le doyen.

— Quelle idée… Non.

— Il en faut de toutes les saveurs pour faire un monde. Du sel, du poivre, un peu de piment pour relever le quotidien. Les unes révèlent les autres. En se mariant, elles constituent un festin que l'on appelle la vie. »

Lucielle s'approche doucement de la fenêtre. En bas, dans le jardin public, deux silhouettes marchent sans lever le nez de leurs chaussures. Les premières neiges tombent en gros flocons et personne n'est là pour les goûter du bout de la langue, s'émerveiller, rire.

« Que nous reste-t-il aujourd'hui ? Une bouillie insipide. Oh, plus de risque de tomber sur un morceau de poivre, non ! Mais plus de dessert non plus. Plus de délicieux sucré-salé, d'aigre-doux, d'acidulé. La vie est fade, sans saveur. Il faut redonner aux gens le goût. Sans ça, ils n'avaleront plus rien. Ils se laisseront mourir. »

M. Hanno s'est figé derrière son bureau. Les mots de Lucielle l'ont replongé dans un souvenir d'enfance qu'il pensait oublié depuis longtemps. Le gros sel qui craque sous les dents : le chien Pati retrouvé raide et froid sur le carrelage de la cuisine. Les larmes qui dévalent le long des joues. La solitude qu'on recherche aussi ardemment que le réconfort. Puis les bras chauds et enveloppants de Maman, son parfum à la rose et ses chuchotements. Le gros sel recouvert sous les baisers, la saveur de la cannelle s'immisçant entre les caresses. Un parfum chaud, bien qu'encore légèrement piquant. Mais à mesure que le chagrin recule, la cannelle devient cassonade. Un sourire, de nouveau. Une bonne blague. Le sucre fond, devient caramel, coulant sur la langue, onctueux contre le palais. Les beaux jours. Les fleurs sur la tombe du chien et les chants autour. Les veillées. Les baignades. La texture nuageuse de la barbe à papa, le croquant du sucre glace sous la dent. Bien sûr il y a eu d'autres bouchées plus salées par la suite, un peu de piment, du poivre de temps en temps et même de l'amertume. Mais c'était ainsi la vie : un mélange de saveurs perpétuel.

« Je peux disposer, monsieur Hanno ou vous avez encore besoin de moi ? »

Lucielle et sa longue chevelure argentée attendent un mouvement du menton pour lui indiquer qu'elle peut partir.

« Oui, déclare M. Hanno pas tout à fait revenu à lui. Allez-y. Merci d'être venue.

— Qu'est-ce que vous allez faire de tout ce que je viens de vous dire ? demande-t-elle sur le pas de la porte.

— Nous verrons.

— C'est-à-dire ? »

Il semble perdu au milieu de ses souvenirs.

« Vos collègues du conseil ne vous écouteront pas. Ils n'ont jamais connu rien d'autre que la bouillie insipide. Ils ne voudront rien changer. »

Il se tait. Il le sait, bien sûr.

« Il faudrait désinstaller tous les implants, poursuit-elle. Rendre à la vie toutes ses saveurs, quitte à essuyer l'amertume et les passions.

— Personne ne me donnera l'aval.

— Je m'en doutais. Je savais que c'était vain.

— Pourquoi êtes-vous venue alors ? »

Elle lui adresse un sourire aigre-doux. Mi-triste, mi-amusé.

« J'aime évoquer le souvenir de mes festins passés... J'ai presque l'impression de les sentir encore, là, sur le bout de la langue... Pas vous ? »

Il ne répond pas mais Lucielle repère dans son regard un éclat métallique. Une coulée d'or. Elle ne peut s'y tromper... C'est le souvenir du caramel.

« Au revoir, monsieur Hanno. Vous avez du travail et moi je vais profiter un peu de la neige au-dehors. Il paraît que la neige n'a pas de goût mais croyez-le ou non… »

Elle lui sourit, espiègle et légère.

« Je jurerais lécher de la crème Chantilly chaque fois que j'attrape un flocon sur le bout de ma langue. »

Postface

Olivia Ruiz

Une pléthore de lumières jaunes s'éparpillent
C'est mon avenir qui explose en mille billes
Des questions rouges me tiraillent, je veux dormir
Y répondre vaille que vaille, pour ne plus fuir

What a fucking rainbow
What a fucking rainbow

Tes yeux verts me mitraillent, eux qui m'ont tant aimée
Ils donnent leur couleur aux nœuds dans mes pensées.
Un ennui mélancolique bleu marine mes nuits
Il me force à écrire, j'en ai fait mon ami.

What a fucking rainbow

Il y a quelques années, j'écrivais ces mots pour composer une chanson que je nommai *Ironic Rainbow*. Les couleurs s'y trouvaient perverses, leur flamboyance comme un mensonge pour masquer les douleurs qu'elles pouvaient cacher. Si je devais prendre ma plume aujourd'hui, je donnerais le fuchsia à la peur car elle est un compagnon fidèle qui me rend alerte face aux dangers. J'attribuerais l'ambré à mon enthousiasme après les tempêtes bravées, perçant le ciel azuré qui avale doucement le gris des nuages. Le blanc incarnerait l'intelligence du nouveau-né, page vierge d'une histoire à inventer, prête à absorber chaque pigment pour élaborer ses propres nuances. Si on l'a muni de pinceaux pour y parvenir.

L'enfance est peut-être l'unique moment de l'existence où nous sommes pleinement nous-mêmes. Libres, spontanés, insouciants des conséquences de nos paroles et de nos actes, nous avançons sans entraves, avec pour seul moteur notre curiosité et notre affection. Les émotions apprennent lentement à s'apprivoiser. Souvent elles s'entrechoquent à n'y rien comprendre. Alors ce feu d'artifice émotionnel, qui constitue pourtant le sel de la vie, paraît éperdument fragile et tout-puissant à la fois. Il colore et rend précieux chaque instant, marquant au fer rouge, ou bleu, nos souvenirs, par la sensation et la leçon qu'il nous laisse.

UNICEF a vocation à préserver et accompagner les enfants en difficulté pour qu'ils édifient des fondations solides sur lesquelles leurs destins pourront se construire. Les artistes qui ont pris la plume dans ce recueil ont quelque chose en commun avec les enfants. Créer rend vulnérable. Réveille la capacité d'émerveillement. Appelle la fraîcheur, un regard de biais pour percevoir le fond des choses. L'auteur questionne, surprend, malmène, ne juge pas. Enveloppe, saisit, anime, distrait. Lui-même, puis ses lecteurs. Comme un enfant le fait avec le monde qui l'entoure, en tout cas quand la vie ne lui vole pas sa légèreté.

Qu'ils nous fassent voyager dans le passé pour exercer un devoir de mémoire, ou par l'anticipation pour mieux nous méfier d'aujourd'hui, qu'ils se soient nourris du lien d'amitié ou du lien amoureux pour mettre en scène leurs personnages, les auteurs de ce recueil nous livrent ici des œuvres qui ne laissent aucun doute sur une autre particularité qui les rapprochent des petits : une sensibilité à fleur de peau.

Paris, mars 2022.

Table

UNICEF,
pour
chaque
enfant
unicef

pour chaque enfant,
« Chaque enfant a un droit inhérent à la vie, et l'État a l'obligation d'assurer la survie et le développement de l'enfant compte tenu des risques de pollution du milieu naturel. »
Articles 6, 24
Convention internationale des droits de l'enfant

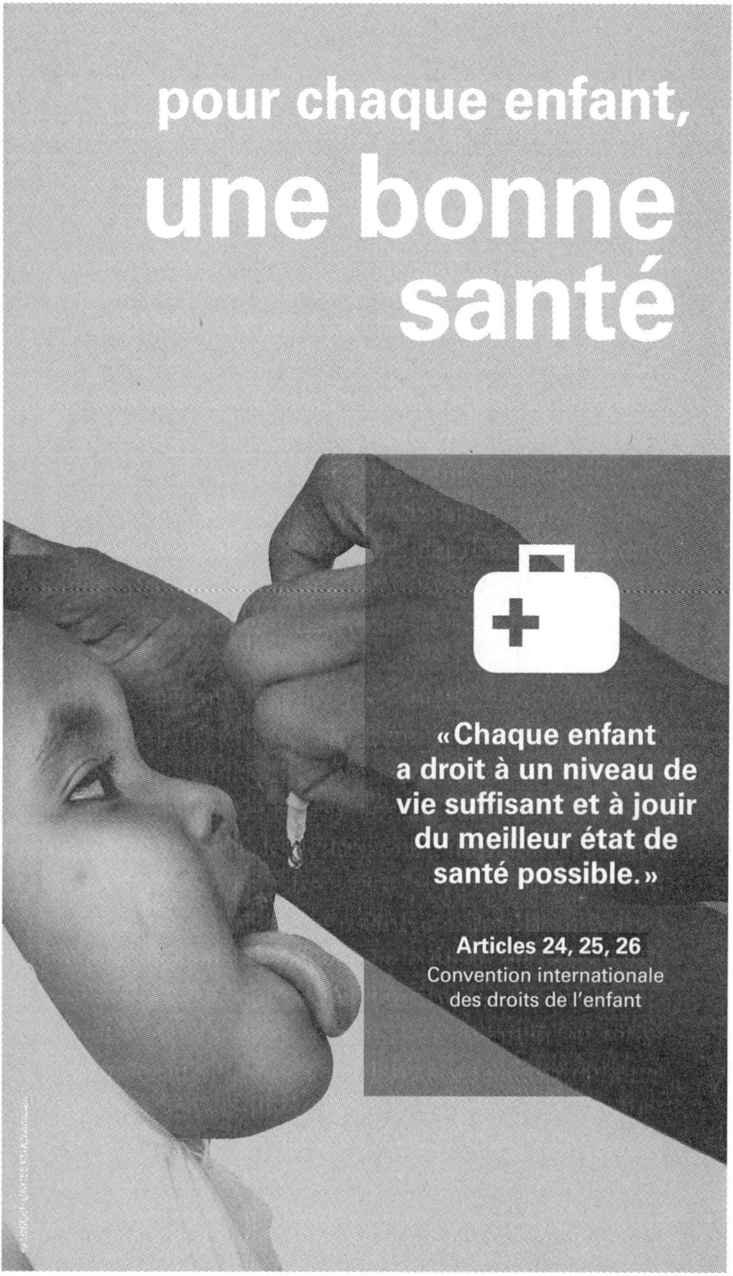
pour chaque enfant,
une bonne
santé
«Chaque enfant
a droit à un niveau de
vie suffisant et à jouir
du meilleur état de
santé possible.»
Articles 24, 25, 26
Convention internationale
des droits de l'enfant

pour chaque enfant,
de l'eau
potable
« Chaque enfant a le droit d'être protégé et soigné des maladies, de boire et de manger suffisamment pour grandir en bonne santé. »
Article 24
Convention internationale des droits de l'enfant

pour chaque enfant,
l'école

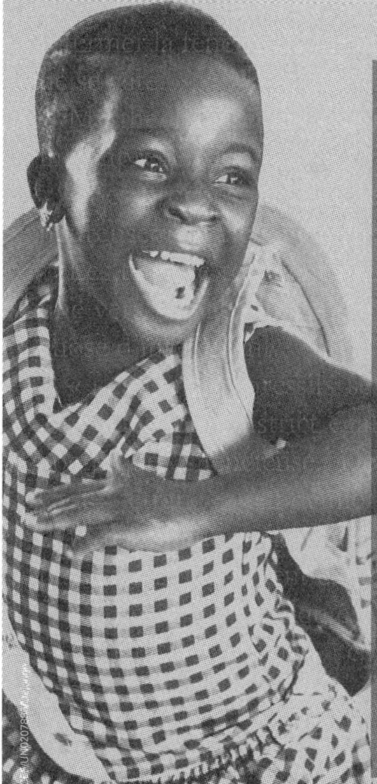

« Sur la base de l'égalité des chances, l'enseignement primaire doit être obligatoire et gratuit, l'enseignement secondaire accessible à tous, dans le respect de la dignité de l'enfant. »

Articles 28, 29

Convention internationale des droits de l'enfant

pour chaque enfant,
grandir
en sécurité
« Les enfants
ont le droit de grandir
dans un environnement
qui leur garantisse
la protection. »
Articles 19, 22, 32 à 40
Convention internationale
des droits de l'enfant

PAPIER À BASE DE FIBRES CERTIFIÉES

Le Livre de Poche s'engage pour l'environnement en réduisant l'empreinte carbone de ses livres. Celle de cet exemplaire est de :
200 g éq. CO_2
Rendez-vous sur www.livredepoche-durable.fr

Composition réalisée par PCA

Achevé d'imprimer en France par
CPI BRODARD & TAUPIN (72200 La Flèche)
en avril 2022
N° d'impression : 3047596
Dépôt légal 1re publication : mai 2022
LIBRAIRIE GÉNÉRALE FRANÇAISE
21, rue du Montparnasse – 75298 Paris Cedex 06

28/4423/7